Le Horla

DU MÊME AUTEUR

Boule de Suif, Librio n° 27
Une partie de campagne, Librio n° 29
Une vie, Librio n° 109
Pierre et Jean, Librio n° 151
Contes noirs. La Petite Roque et autres nouvelles, Librio n° 217
L'Odyssée d'une fille et autres aventures amoureuses, Librio n° 1023

Guy de Maupassant

Le Horla

suivi de L'Héritage

Librio

Texte intégral

Le Horla

. . . .

8 mai. — Quelle journée admirable ! J'ai passé toute la matinée étendu sur l'herbe, devant ma maison, sous l'énorme platane qui la couvre, l'abrite et l'ombrage tout entière. J'aime ce pays, et j'aime y vivre parce que j'y ai mes racines, ces profondes et délicates racines, qui attachent un homme à la terre où sont nés et morts ses aïeux, qui l'attachent à ce qu'on pense et à ce qu'on mange, aux usages comme aux nourritures, aux locutions locales, aux intonations des paysans, aux odeurs du sol, des villages et de l'air lui-même.

J'aime ma maison où j'ai grandi. De mes fenêtres, je vois la Seine qui coule, le long de mon jardin, derrière la route, presque chez moi, la grande et large Seine qui va de Rouen au Havre, couverte de bateaux qui passent.

À gauche, là-bas, Rouen, la vaste ville aux toits bleus, sous le peuple pointu des clochers gothiques. Ils sont innombrables, frêles ou larges, dominés par la flèche de fonte de la cathédrale, et pleins de cloches qui sonnent dans l'air bleu des belles matinées, jetant jusqu'à moi leur doux et lointain bourdonnement de fer, leur chant d'airain que la brise m'apporte, tantôt plus fort et tantôt plus affaibli, suivant qu'elle s'éveille ou s'assoupit.

Comme il faisait bon ce matin !

Vers onze heures, un long convoi de navires, traînés par un remorqueur, gros comme une mouche, et qui râlait de peine en vomissant une fumée épaisse, défila devant ma grille.

Après deux goélettes anglaises, dont le pavillon rouge ondoyait sur le ciel, venait un superbe trois-mâts brésilien, tout blanc, admirablement propre et luisant. Je le saluai, je ne sais pourquoi, tant ce navire me fit plaisir à voir.

12 mai. — J'ai un peu de fièvre depuis quelques jours ; je me sens souffrant, ou plutôt je me sens triste.

D'où viennent ces influences mystérieuses qui changent en découragement notre bonheur et notre confiance en détresse ?

On dirait que l'air, l'air invisible est plein d'inconnaissables Puissances, dont nous subissons les voisinages mystérieux. Je m'éveille plein de gaieté, avec des envies de chanter dans la gorge. — Pourquoi ? — Je descends le long de l'eau ; et soudain, après une courte promenade, je rentre désolé, comme si quelque malheur m'attendait chez moi. — Pourquoi ? — Est-ce un frisson de froid qui, frôlant ma peau, a ébranlé mes nerfs et assombri mon âme ? Est-ce la forme des nuages, ou la couleur du jour, la couleur des choses, si variable, qui, passant par mes yeux, a troublé ma pensée ? Sait-on ? Tout ce qui nous entoure, tout ce que nous voyons sans le regarder, tout ce que nous frôlons sans le connaître, tout ce que nous touchons sans le palper, tout ce que nous rencontrons sans le distinguer, a sur nous, sur nos organes et, par eux, sur nos idées, sur notre cœur lui-même, des effets rapides, surprenants et inexplicables.

Comme il est profond, ce mystère de l'Invisible ! Nous ne le pouvons sonder avec nos sens misérables, avec nos yeux qui ne savent apercevoir ni le trop petit, ni le trop grand, ni le trop près, ni le trop loin, ni les habitants d'une étoile, ni les habitants d'une goutte d'eau... avec nos oreilles qui nous trompent, car elles nous transmettent les vibrations de l'air en notes sonores. Elles sont des fées qui font ce miracle de changer en bruit ce mouvement et par cette métamorphose donnent naissance à la musique, qui rend chantante l'agitation muette de la nature... avec notre odorat, plus faible que celui du chien... avec notre goût, qui peut à peine discerner l'âge d'un vin !

Ah ! si nous avions d'autres organes qui accompliraient en notre faveur d'autres miracles, que de choses nous pourrions découvrir encore autour de nous !

16 mai. — Je suis malade, décidément ! Je me portais si bien le mois dernier ! J'ai la fièvre, une fièvre atroce, ou plutôt un énervement fiévreux, qui rend mon âme aussi souffrante que mon corps ! J'ai sans cesse cette sensation affreuse d'un danger menaçant, cette appréhension d'un malheur qui vient ou de la mort qui approche, ce pressentiment qui est sans doute l'atteinte d'un mal encore inconnu, germant dans le sang et dans la chair.

18 mai. — Je viens d'aller consulter un médecin, car je ne pouvais plus dormir. Il m'a trouvé le pouls rapide, l'œil dilaté, les nerfs vibrants, mais sans aucun symptôme alarmant. Je dois me soumettre aux douches et boire du bromure de potassium.

25 mai. — Aucun changement ! Mon état, vraiment, est bizarre. À mesure qu'approche le soir, une inquiétude incompréhensible m'envahit, comme si la nuit cachait pour moi une menace terrible. Je dîne vite, puis j'essaie de lire ; mais je ne comprends pas les mots ; je distingue à peine les lettres. Je marche alors dans mon salon de long en large, sous l'oppression d'une crainte confuse et irrésistible, la crainte du sommeil et la crainte du lit.

Vers dix heures, je monte dans ma chambre. À peine entré, je donne deux tours de clef, et je pousse les verrous ; j'ai peur… de quoi ?… Je ne redoutais rien jusqu'ici… j'ouvre mes armoires, je regarde sous mon lit ; j'écoute… j'écoute… quoi ?… Est-ce étrange qu'un simple malaise, un trouble de la circulation peut-être, l'irritation d'un filet nerveux, un peu de congestion, une toute petite perturbation dans le fonctionnement si imparfait et si délicat de notre machine vivante, puisse faire un mélancolique du plus joyeux des hommes, et un poltron du plus brave ? Puis, je me couche, et j'attends le sommeil comme on attendrait le bourreau. Je l'attends avec l'épouvante de sa venue, et mon cœur bat, et mes jambes frémissent ; et tout mon corps tressaille dans la chaleur des draps, jusqu'au moment où je tombe tout à coup dans le repos, comme on tomberait pour s'y noyer, dans un gouffre d'eau stagnante. Je ne le sens pas venir, comme autrefois, ce sommeil perfide, caché près de moi, qui me guette, qui va me saisir par la tête, me fermer les yeux, m'anéantir.

Je dors — longtemps — deux ou trois heures — puis un rêve — non — un cauchemar m'étreint. Je sens bien que je suis couché et que je dors… je le sens et je le sais… et je sens aussi que quelqu'un s'approche de moi, me regarde, me palpe, monte sur mon lit, s'agenouille sur ma poitrine, me prend le cou entre ses mains et serre… serre… de toute sa force pour m'étrangler.

Moi, je me débats, lié par cette impuissance atroce, qui nous paralyse dans les songes ; je veux crier, — je ne peux pas ; — je veux remuer, — je ne peux pas ; — j'essaie, avec des efforts affreux, en haletant, de me tourner, de rejeter cet être qui m'écrase et qui m'étouffe, — je ne peux pas !

Et soudain, je m'éveille, affolé, couvert de sueur. J'allume une bougie. Je suis seul.

Après cette crise, qui se renouvelle toutes les nuits, je dors enfin, avec calme, jusqu'à l'aurore.

2 juin. — Mon état s'est encore aggravé. Qu'ai-je donc ? Le bromure n'y fait rien ; les douches n'y font rien. Tantôt, pour fatiguer mon corps, si las pourtant, j'allai faire un tour dans la forêt de Roumare. Je crus d'abord que l'air frais, léger et doux, plein d'odeur d'herbes et de feuilles, me versait aux veines un sang nouveau, au cœur une énergie nouvelle. Je pris une grande avenue de chasse, puis je tournai vers La Bouille, par une allée étroite, entre deux armées d'arbres démesurément hauts qui mettaient un toit vert, épais, presque noir, entre le ciel et moi.

Un frisson me saisit soudain, non pas un frisson de froid, mais un étrange frisson d'angoisse.

Je hâtai le pas, inquiet d'être seul dans ce bois, apeuré sans raison, stupidement, par la profonde solitude. Tout à coup, il me sembla que j'étais suivi, qu'on marchait sur mes talons, tout près, à me toucher.

Je me retournai brusquement. J'étais seul. Je ne vis derrière moi que la droite et large allée vide, haute, redoutablement vide ; et de l'autre côté elle s'étendait aussi à perte de vue, toute pareille, effrayante.

Je fermai les yeux. Pourquoi ? Et je me mis à tourner sur un talon, très vite, comme une toupie. Je faillis tomber ; je rouvris les yeux ; les arbres dansaient, la terre flottait ; je dus m'asseoir. Puis, ah ! je ne savais plus par où j'étais venu ! Bizarre idée ! Bizarre ! Bizarre idée ! Je ne savais plus du tout. Je partis par le côté qui se trouvait à ma droite, et je revins dans l'avenue qui m'avait amené au milieu de la forêt.

3 juin. — La nuit a été horrible. Je vais m'absenter pendant quelques semaines. Un petit voyage, sans doute, me remettra.

2 juillet. — Je rentre. Je suis guéri. J'ai fait d'ailleurs une excursion charmante. J'ai visité le Mont-Saint-Michel que je ne connaissais pas.

Quelle vision, quand on arrive, comme moi, à Avranches, vers la fin du jour ! La ville est sur une colline ; et on me conduisit dans le jardin public, au bout de la cité. Je poussai un cri d'étonnement. Une baie démesurée s'étendait devant moi, à perte de vue, entre deux côtes écartées se perdant au loin dans les brumes ; et au milieu de cette immense baie jaune, sous un ciel d'or et de clarté, s'élevait sombre et pointu un mont étrange, au milieu des sables. Le soleil venait de disparaître, et sur l'horizon encore flamboyant se dessinait le profil de ce fantastique rocher qui porte sur son sommet un fantastique monument.

Dès l'aurore, j'allai vers lui. La mer était basse, comme la veille au soir, et je regardais se dresser devant moi, à mesure que j'approchais d'elle, la surprenante abbaye. Après plusieurs heures de marche, j'atteignis l'énorme bloc de pierre qui porte la petite cité dominée par la grande église. Ayant gravi la rue étroite et rapide, j'entrai dans la plus admirable demeure gothique construite pour Dieu sur la terre, vaste comme une ville, pleine de salles basses écrasées sous des voûtes et de hautes galeries que soutiennent de frêles colonnes. J'entrai dans ce gigantesque bijou de granit, aussi léger qu'une dentelle, couvert de tours, de sveltes clochetons, où montent des escaliers tordus, et qui lancent dans le ciel bleu des jours, dans le ciel noir des nuits, leurs têtes bizarres hérissées de chimères, de diables, de bêtes fantastiques, de fleurs monstrueuses, et reliés l'un à l'autre par de fines arches ouvragées.

Quand je fus sur le sommet, je dis au moine qui m'accompagnait: «Mon Père, comme vous devez être bien ici!»

Il répondit: «Il y a beaucoup de vent, monsieur»; et nous nous mîmes à causer en regardant monter la mer, qui courait sur le sable et le couvrait d'une cuirasse d'acier.

Et le moine me conta des histoires, toutes les vieilles histoires de ce lieu, des légendes, toujours des légendes.

Une d'elles me frappa beaucoup. Les gens du pays, ceux du mont, prétendent qu'on entend parler la nuit dans les sables, puis qu'on entend bêler deux chèvres, l'une avec une voix forte, l'autre avec une voix faible. Les incrédules affirment que ce sont les cris des oiseaux de mer, qui ressemblent tantôt à des bêlements, et tantôt à des plaintes humaines; mais les pêcheurs attardés jurent avoir rencontré, rôdant sur les dunes, entre deux marées, autour de la petite ville jetée ainsi loin du monde, un vieux berger, dont on ne voit jamais la tête couverte de son manteau, et qui conduit, en marchant devant eux, un bouc à figure d'homme et une chèvre à figure de femme, tous deux avec de longs cheveux blancs et parlant sans cesse, se querellant dans une langue inconnue, puis cessant soudain de crier pour bêler de toute leur force.

Je dis au moine: «Y croyez-vous?» Il murmura: «Je ne sais pas.»

Je repris: «S'il existait sur la terre d'autres êtres que nous, comment ne les connaîtrions-nous point depuis longtemps; comment ne les auriez-vous pas vus, vous? comment ne les aurais-je pas vus, moi?»

Il répondit: «Est-ce que nous voyons la cent millième partie de ce qui existe? Tenez, voici le vent, qui est la plus grande force de la nature, qui renverse les hommes, abat les édifices, déracine les arbres, soulève la mer en montagnes d'eau, détruit les falaises, et jette aux brisants les grands navires, le vent qui tue, qui siffle, qui gémit, qui mugit, — l'avez-vous vu, et pouvez-vous le voir? Il existe, pourtant.»

Je me tus devant ce simple raisonnement. Cet homme était un sage ou peut-être un sot. Je ne l'aurais pas pu affirmer au juste; mais je me tus. Ce qu'il disait là, je l'avais pensé souvent.

3 juillet. — J'ai mal dormi; certes, il y a ici une influence fiévreuse, car mon cocher souffre du même mal que moi. En rentrant hier, j'avais remarqué sa pâleur singulière. Je lui demandai:

«Qu'est-ce que vous avez, Jean?

— J'ai que je ne peux plus me reposer, monsieur, ce sont mes nuits qui mangent mes jours. Depuis le départ de monsieur, cela me tient comme un sort.»

Les autres domestiques vont bien cependant, mais j'ai grand-peur d'être repris, moi.

4 juillet. — Décidément, je suis repris. Mes cauchemars anciens reviennent. Cette nuit, j'ai senti quelqu'un accroupi sur moi, et qui, sa bouche sur la mienne, buvait ma vie entre mes lèvres. Oui, il la puisait dans ma gorge, comme aurait fait une sangsue. Puis il s'est levé, repu, et moi je me suis réveillé, tellement meurtri, brisé, anéanti, que je ne pouvais plus remuer. Si cela continue encore quelques jours, je repartirai certainement.

5 juillet. — Ai-je perdu la raison? Ce qui s'est passé la nuit dernière est tellement étrange, que ma tête s'égare quand j'y songe!

Comme je le fais maintenant chaque soir, j'avais fermé ma porte à clef; puis, ayant soif, je bus un demi-verre d'eau, et je remarquai par hasard que ma carafe était pleine jusqu'au bouchon de cristal.

Je me couchai ensuite et je tombai dans un de mes sommeils épouvantables, dont je fus tiré au bout de deux heures environ par une secousse plus affreuse encore.

Figurez-vous un homme qui dort, qu'on assassine, et qui se réveille, avec un couteau dans le poumon, et qui râle couvert de sang, et qui ne peut plus respirer, et qui va mourir, et qui ne comprend pas — voilà.

Ayant enfin reconquis ma raison, j'eus soif de nouveau; j'allumai une bougie et j'allai vers la table où était posée ma carafe.

Je la soulevai en la penchant sur mon verre ; rien ne coula. — Elle était vide ! Elle était vide complètement ! D'abord, je n'y compris rien ; puis, tout à coup, je ressentis une émotion si terrible, que je dus m'asseoir, ou plutôt, que je tombai sur une chaise ! puis, je me redressai d'un saut pour regarder autour de moi ! puis je me rassis, éperdu d'étonnement et de peur, devant le cristal transparent ! Je le contemplais avec des yeux fixes, cherchant à deviner. Mes mains tremblaient ! On avait donc bu cette eau ? Qui ? Moi ? moi, sans doute ? Ce ne pouvait être que moi ? Alors, j'étais somnambule, je vivais, sans le savoir, de cette double vie mystérieuse qui fait douter s'il y a deux êtres en nous, ou si un être étranger, inconnaissable et invisible, anime, par moments, quand notre âme est engourdie, notre corps captif qui obéit à cet autre, comme à nous-mêmes, plus qu'à nous-mêmes.

Ah ! qui comprendra mon angoisse abominable ? Qui comprendra l'émotion d'un homme, sain d'esprit, bien éveillé, plein de raison et qui regarde épouvanté, à travers le verre d'une carafe, un peu d'eau disparue pendant qu'il a dormi ! Et je restai là jusqu'au jour, sans oser regagner mon lit.

6 juillet. — Je deviens fou. On a encore bu toute ma carafe cette nuit ; — ou plutôt, je l'ai bue !

Mais, est-ce moi ? Est-ce moi ? Qui serait-ce ? Qui ? Oh ! mon Dieu ! Je deviens fou ! Qui me sauvera ?

10 juillet. — Je viens de faire des épreuves surprenantes.

Décidément, je suis fou ! Et pourtant !

Le 6 juillet, avant de me coucher, j'ai placé sur ma table du vin, du lait, de l'eau, du pain et des fraises.

On a bu — j'ai bu — toute l'eau, et un peu de lait. On n'a touché ni au vin, ni au pain, ni aux fraises.

Le 7 juillet, j'ai renouvelé la même épreuve, qui a donné le même résultat.

Le 8 juillet, j'ai supprimé l'eau et le lait. On n'a touché à rien.

Le 9 juillet enfin, j'ai remis sur ma table l'eau et le lait seulement, en ayant soin d'envelopper les carafes en des linges de mousseline blanche et de ficeler les bouchons. Puis, j'ai frotté mes lèvres, ma barbe, mes mains avec de la mine de plomb, et je me suis couché.

L'invincible sommeil m'a saisi, suivi bientôt de l'atroce réveil. Je n'avais point remué ; mes draps eux-mêmes ne portaient pas de taches. Je m'élançai vers ma table. Les linges enfermant les bouteilles étaient demeurés immaculés. Je déliai les cordons, en palpitant de crainte. On avait bu toute l'eau ! on avait bu tout le lait ! Ah ! mon Dieu !...

Je vais partir tout à l'heure pour Paris.

12 juillet. — Paris. J'avais donc perdu la tête les jours derniers ! J'ai dû être le jouet de mon imagination énervée, à moins que je ne sois vraiment somnambule, ou que j'aie subi une de ces influences constatées, mais inexplicables jusqu'ici, qu'on appelle suggestions. En tout cas, mon affolement touchait à la démence, et vingt-quatre heures de Paris ont suffi pour me remettre d'aplomb.

Hier, après des courses et des visites, qui m'ont fait passer dans l'âme de l'air nouveau et vivifiant, j'ai fini ma soirée au Théâtre-Français. On y jouait une pièce d'Alexandre Dumas fils ; et cet esprit alerte et puissant a achevé de me guérir. Certes, la solitude est dangereuse pour les intelligences qui travaillent. Il nous faut autour de nous des hommes qui pensent et qui parlent. Quand nous sommes seuls longtemps, nous peuplons le vide de fantômes.

Je suis rentré à l'hôtel très gai, par les boulevards. Au coudoiement de la foule, je songeais, non sans ironie, à mes terreurs, à mes suppositions de l'autre semaine, car j'ai cru, oui, j'ai cru qu'un être invisible habitait sous mon toit. Comme notre tête est faible et s'effare, et s'égare vite, dès qu'un petit fait incompréhensible nous frappe !

Au lieu de conclure par ces simples mots : « Je ne comprends pas parce que la cause m'échappe », nous imaginons aussitôt des mystères effrayants et des puissances surnaturelles.

14 juillet. — Fête de la République. Je me suis promené par les rues. Les pétards et les drapeaux m'amusaient comme un enfant. C'est pourtant fort bête d'être joyeux, à date fixe, par décret du gouvernement. Le peuple est un troupeau imbécile, tantôt stupidement patient et tantôt férocement révolté. On lui dit : « Amuse-toi. » Il s'amuse. On lui dit : « Va te battre avec le voisin. » Il va se battre. On lui dit : « Vote pour l'Empereur. » Il vote pour l'Empereur. Puis, on lui dit : « Vote pour la République. » Et il vote pour la République.

Ceux qui le dirigent sont aussi sots ; mais au lieu d'obéir à des hommes, ils obéissent à des principes, lesquels ne peuvent être que niais, stériles et faux, par cela même qu'ils sont des principes, c'est-à-dire des idées réputées certaines et immuables, en ce monde où l'on n'est sûr de rien, puisque la lumière est une illusion, puisque le bruit est une illusion.

16 juillet. — J'ai vu hier des choses qui m'ont beaucoup troublé.

Je dînais chez ma cousine, Mme Sablé, dont le mari commande le 76e chasseurs à Limoges. Je me trouvais chez elle avec deux jeunes femmes, dont l'une a épousé un médecin, le docteur Parent, qui s'occupe beaucoup des maladies nerveuses et des manifestations extraordinaires auxquelles donnent lieu en ce moment les expériences sur l'hypnotisme et la suggestion.

Il nous raconta longtemps les résultats prodigieux obtenus par des savants anglais et par les médecins de l'école de Nancy.

Les faits qu'il avança me parurent tellement bizarres, que je me déclarai tout à fait incrédule.

« Nous sommes, affirmait-il, sur le point de découvrir un des plus importants secrets de la nature, je veux dire, un de ses plus importants secrets sur cette terre ; car elle en a certes d'autrement importants, là-bas, dans les étoiles. Depuis que l'homme pense, depuis qu'il sait dire et écrire sa pensée, il se sent frôlé par un mystère impénétrable pour ses sens grossiers et imparfaits, et il tâche de suppléer, par l'effort de son intelligence, à l'impuissance de ses organes. Quand cette intelligence demeurait encore à l'état rudimentaire, cette hantise des phénomènes invisibles a pris des formes banalement effrayantes. De là sont nées les croyances populaires au surnaturel, les légendes des esprits rôdeurs, des fées, des gnomes, des revenants, je dirai même la légende de Dieu, car nos conceptions de l'ouvrier-créateur, de quelque religion qu'elles nous viennent, sont bien les inventions les plus médiocres, les plus stupides, les plus inacceptables sorties du cerveau apeuré des créatures. Rien de plus vrai que cette parole de Voltaire : "Dieu a fait l'homme à son image, mais l'homme le lui a bien rendu."

« Mais, depuis un peu plus d'un siècle, on semble pressentir quelque chose de nouveau. Mesmer et quelques autres nous ont mis sur une voie inattendue, et nous sommes arrivés vraiment, depuis quatre ou cinq ans surtout, à des résultats surprenants. »

Ma cousine, très incrédule aussi, souriait. Le docteur Parent lui dit : « Voulez-vous que j'essaie de vous endormir, madame ?

— Oui, je veux bien. »

Elle s'assit dans un fauteuil et il commença à la regarder fixement en la fascinant. Moi, je me sentis soudain un peu troublé, le cœur battant, la gorge serrée. Je voyais les yeux de Mme Sablé s'alourdir, sa bouche se crisper, sa poitrine haleter.

Au bout de dix minutes, elle dormait.

«Mettez-vous derrière elle», dit le médecin.

Et je m'assis derrière elle. Il lui plaça entre les mains une carte de visite en lui disant: «Ceci est un miroir; que voyez-vous dedans?»

Elle répondit:

«Je vois mon cousin.

— Que fait-il?

— Il se tord la moustache.

— Et maintenant?

— Il tire de sa poche une photographie.

— Quelle est cette photographie?

— La sienne.»

C'était vrai! Et cette photographie venait de m'être livrée, le soir même, à l'hôtel.

«Comment est-il sur ce portrait?

— Il se tient debout avec son chapeau à la main.»

Donc elle voyait dans cette carte, dans ce carton blanc, comme elle eût vu dans une glace.

Les jeunes femmes, épouvantées, disaient: «Assez! Assez! Assez!»

Mais le docteur ordonna: «Vous vous lèverez demain à huit heures; puis vous irez trouver à son hôtel votre cousin, et vous le supplierez de vous prêter cinq mille francs que votre mari vous demande et qu'il vous réclamera à son prochain voyage.»

Puis il la réveilla.

En rentrant à l'hôtel, je songeai à cette curieuse séance et des doutes m'assaillirent, non point sur l'absolue, sur l'insoupçonnable bonne foi de ma cousine, que je connaissais comme une sœur, depuis l'enfance, mais sur une supercherie possible du docteur. Ne dissimulait-il pas dans sa main une glace qu'il montrait à la jeune femme endormie, en même temps que sa carte de visite? Les prestidigitateurs de profession font des choses autrement singulières.

Je rentrai donc et je me couchai.

Or, ce matin, vers huit heures et demie, je fus réveillé par mon valet de chambre, qui me dit:

«C'est Mme Sablé qui demande à parler à monsieur tout de suite.»

Je m'habillai à la hâte et je la reçus.

Elle s'assit fort troublée, les yeux baissés, et, sans lever son voile, elle me dit:

«Mon cher cousin, j'ai un gros service à vous demander.
— Lequel, ma cousine?
— Cela me gêne beaucoup de vous le dire, et pourtant, il le faut. J'ai besoin, absolument besoin, de cinq mille francs.
— Allons donc, vous?
— Oui, moi, ou plutôt mon mari, qui me charge de les trouver.»
J'étais tellement stupéfait, que je balbutiais mes réponses. Je me demandais si vraiment elle ne s'était pas moquée de moi avec le docteur Parent, si ce n'était pas là une simple farce préparée d'avance et fort bien jouée.
Mais, en la regardant avec attention, tous mes doutes se dissipèrent. Elle tremblait d'angoisse, tant cette démarche lui était douloureuse, et je compris qu'elle avait la gorge pleine de sanglots.
Je la savais fort riche et je repris:
«Comment! votre mari n'a pas cinq mille francs à sa disposition! Voyons, réfléchissez. Êtes-vous sûre qu'il vous a chargée de me les demander?»
Elle hésita quelques secondes comme si elle eût fait un grand effort pour chercher dans son souvenir, puis elle répondit:
«Oui..., oui... j'en suis sûre.
— Il vous a écrit?»
Elle hésita encore, réfléchissant. Je devinai le travail torturant de sa pensée. Elle ne savait pas. Elle savait seulement qu'elle devait m'emprunter cinq mille francs pour son mari. Donc elle osa mentir.
«Oui, il m'a écrit.
— Quand donc? Vous ne m'avez parlé de rien, hier.
— J'ai reçu sa lettre ce matin.
— Pouvez-vous me la montrer?
— Non... non... non... elle contenait des choses intimes... trop personnelles... je l'ai... je l'ai brûlée.
— Alors, c'est que votre mari fait des dettes.»
Elle hésita encore, puis murmura:
«Je ne sais pas.»
Je déclarai brusquement:
«C'est que je ne puis disposer de cinq mille francs en ce moment, ma chère cousine.»
Elle poussa une sorte de cri de souffrance.
«Oh! oh! je vous en prie, je vous en prie, trouvez-les...»
Elle s'exaltait, joignait les mains comme si elle m'eût prié!

J'entendais sa voix changer de ton; elle pleurait et bégayait, harcelée, dominée par l'ordre irrésistible qu'elle avait reçu.

«Oh! oh! je vous en supplie... si vous saviez comme je souffre... il me les faut aujourd'hui.»

J'eus pitié d'elle.

«Vous les aurez tantôt, je vous le jure.»

Elle s'écria:

«Oh! merci! merci! que vous êtes bon.»

Je repris: «Vous rappelez-vous ce qui s'est passé hier chez vous?

— Oui.

— Vous rappelez-vous que le docteur Parent vous a endormie?

— Oui.

— Eh bien, il vous a ordonné de venir m'emprunter ce matin cinq mille francs, et vous obéissez en ce moment à cette suggestion.»

Elle réfléchit quelques secondes et répondit:

«Puisque c'est mon mari qui les demande.»

Pendant une heure, j'essayai de la convaincre, mais je n'y pus parvenir.

Quand elle fut partie, je courus chez le docteur. Il allait sortir; et il m'écouta en souriant. Puis il dit:

«Croyez-vous maintenant?

— Oui, il le faut bien.

— Allons chez votre parente.»

Elle sommeillait déjà sur une chaise longue, accablée de fatigue. Le médecin lui prit le pouls, la regarda quelque temps, une main levée vers ses yeux qu'elle ferma peu à peu sous l'effort insoutenable de cette puissance magnétique.

Quand elle fut endormie:

«Votre mari n'a plus besoin de cinq mille francs. Vous allez donc oublier que vous avez prié votre cousin de vous les prêter, et, s'il vous parle de cela, vous ne comprendrez pas.»

Puis il la réveilla. Je tirai de ma poche un portefeuille:

«Voici, ma chère cousine, ce que vous m'avez demandé ce matin.»

Elle fut tellement surprise que je n'osai pas insister. J'essayai cependant de ranimer sa mémoire, mais elle nia avec force, crut que je me moquais d'elle, et faillit, à la fin, se fâcher.

....

Voilà! je viens de rentrer; et je n'ai pu déjeuner, tant cette expérience m'a bouleversé.

19 juillet. — Beaucoup de personnes à qui j'ai raconté cette aventure se sont moquées de moi. Je ne sais plus que penser. Le sage dit: Peut-être?

21 juillet. — J'ai été dîner à Bougival, puis j'ai passé la soirée au bal des canotiers. Décidément, tout dépend des lieux et des milieux. Croire au surnaturel dans l'île de la Grenouillère, serait le comble de la folie... mais au sommet du Mont-Saint-Michel?... mais dans les Indes? Nous subissons effroyablement l'influence de ce qui nous entoure. Je rentrerai chez moi la semaine prochaine.

30 juillet. — Je suis revenu dans ma maison depuis hier. Tout va bien.

2 août. — Rien de nouveau; il fait un temps superbe. Je passe mes journées à regarder couler la Seine.

4 août. — Querelles parmi mes domestiques. Ils prétendent qu'on casse les verres, la nuit, dans les armoires. Le valet de chambre accuse la cuisinière, qui accuse la lingère, qui accuse les deux autres. Quel est le coupable? Bien fin qui le dirait!

6 août. — Cette fois, je ne suis pas fou. J'ai vu... j'ai vu... j'ai vu!... Je ne puis plus douter... j'ai vu!... J'ai encore froid jusque dans les ongles... j'ai encore peur jusque dans les moelles... j'ai vu!...

Je me promenais à deux heures, en plein soleil, dans mon parterre de rosiers... dans l'allée des rosiers d'automne qui commencent à fleurir.

Comme je m'arrêtais à regarder un *géant des batailles*, qui portait trois fleurs magnifiques, je vis, je vis distinctement, tout près de moi, la tige d'une de ces roses se plier, comme si une main invisible l'eût tordue, puis se casser, comme si cette main l'eût cueillie! Puis la fleur s'éleva, suivant une courbe qu'aurait décrite un bras en la portant vers une bouche, et elle resta suspendue dans l'air transparent, toute seule, immobile, effrayante tache rouge à trois pas de mes yeux.

Éperdu, je me jetai sur elle pour la saisir! Je ne trouvai rien; elle avait disparu. Alors je fus pris d'une colère furieuse contre moi-même; car il n'est pas permis à un homme raisonnable et sérieux d'avoir de pareilles hallucinations.

Mais était-ce bien une hallucination? Je me retournai pour chercher la tige, et je la retrouvai immédiatement sur l'arbuste, fraîchement brisée entre les deux autres roses demeurées à la branche.

Alors, je rentrai chez moi l'âme bouleversée, car je suis certain, maintenant, certain comme de l'alternance des jours et des nuits, qu'il existe près de moi un être invisible, qui se nourrit de lait et d'eau, qui peut toucher aux choses, les prendre et les changer de place, doué par conséquent d'une nature matérielle, bien qu'imperceptible pour nos sens, et qui habite comme moi, sous mon toit...

7 *août* — J'ai dormi tranquille. Il a bu l'eau de ma carafe, mais n'a point troublé mon sommeil.

Je me demande si je suis fou. En me promenant, tantôt au grand soleil, le long de la rivière, des doutes me sont venus sur ma raison, non point des doutes vagues comme j'en avais jusqu'ici, mais des doutes précis, absolus. J'ai vu des fous; j'en ai connu qui restaient intelligents, lucides, clairvoyants même sur toutes les choses de la vie, sauf sur un point. Ils parlaient de tout avec clarté, avec souplesse, avec profondeur, et soudain leur pensée, touchant l'écueil de leur folie s'y déchirait en pièces, s'éparpillait et sombrait dans cet océan effrayant et furieux, plein de vagues bondissantes, de brouillards, de bourrasques, qu'on nomme « la démence ».

Certes, je me croirais fou, absolument fou, si je n'étais conscient, si je ne connaissais parfaitement mon état, si je ne le sondais en l'analysant avec une complète lucidité. Je ne serais donc, en somme, qu'un halluciné raisonnant. Un trouble inconnu se serait produit dans mon cerveau, un de ces troubles qu'essaient de noter et de préciser aujourd'hui les physiologistes; et ce trouble aurait déterminé dans mon esprit, dans l'ordre et la logique de mes idées, une crevasse profonde. Des phénomènes semblables ont lieu dans le rêve qui nous promène à travers les fantasmagories les plus invraisemblables, sans que nous en soyons surpris, parce que l'appareil vérificateur, parce que le sens du contrôle est endormi; tandis que la faculté imaginative veille et travaille. Ne se peut-il pas qu'une des imperceptibles touches du clavier cérébral se trouve paralysée chez moi? Des hommes, à la suite d'accidents, perdent la mémoire des noms propres ou des verbes ou des chiffres, ou seulement des dates. Les localisations de toutes les parcelles de la pensée sont aujourd'hui prouvées. Or, quoi d'étonnant à ce que ma faculté de contrôler l'irréalité de certaines hallucinations, se trouve engourdie chez moi en ce moment!

Je songeais à tout cela en suivant le bord de l'eau. Le soleil couvrait de clarté la rivière, faisait la terre délicieuse, emplissait mon regard d'amour pour la vie, pour les hirondelles, dont l'agilité est une joie de mes yeux, pour les herbes de la rive dont le frémissement est un bonheur de mes oreilles.

Peu à peu, cependant, un malaise inexplicable me pénétrait. Une force, me semblait-il, une force occulte m'engourdissait, m'arrêtait, m'empêchait d'aller plus loin, me rappelait en arrière. J'éprouvais ce besoin douloureux de rentrer qui vous oppresse, quand on a laissé au logis un malade aimé, et que le pressentiment vous saisit d'une aggravation de son mal.

Donc, je revins malgré moi, sûr que j'allais trouver, dans ma maison, une mauvaise nouvelle, une lettre ou une dépêche. Il n'y avait rien; et je demeurai plus surpris et plus inquiet que si j'avais eu de nouveau quelque vision fantastique.

8 août. — J'ai passé hier une affreuse soirée. Il ne se manifeste plus, mais je le sens près de moi, m'épiant, me regardant, me pénétrant, me dominant et plus redoutable, en se cachant ainsi, que s'il signalait par des phénomènes surnaturels sa présence invisible et constante.

J'ai dormi, pourtant.

9 août. — Rien, mais j'ai peur.

10 août. — Rien; qu'arrivera-t-il demain?

11 août. — Toujours rien; je ne puis plus rester chez moi avec cette crainte et cette pensée entrées en mon âme; je vais partir.

12 août, 10 heures du soir. — Tout le jour j'ai voulu m'en aller; je n'ai pas pu. J'ai voulu accomplir cet acte de liberté si facile, si simple, — sortir — monter dans ma voiture pour gagner Rouen — je n'ai pas pu. Pourquoi?

13 août. — Quand on est atteint par certaines maladies, tous les ressorts de l'être physique semblent brisés, toutes les énergies anéanties, tous les muscles relâchés, les os devenus mous comme la chair et la chair liquide comme de l'eau. J'éprouve cela dans mon être moral d'une façon étrange et désolante. Je n'ai plus aucune force, aucun courage, aucune domination sur moi aucun pouvoir même de mettre en mouvement ma volonté. Je ne peux plus vouloir; mais quelqu'un veut pour moi; et j'obéis.

14 août. — Je suis perdu! Quelqu'un possède mon âme et la gouverne! quelqu'un ordonne tous mes actes, tous mes mouvements, toutes mes pensées. Je ne suis plus rien en moi, rien qu'un spectateur esclave et terrifié de toutes les choses que j'accomplis. Je désire sortir. Je ne peux pas. Il ne veut pas; et je reste, éperdu, tremblant, dans le fauteuil où il me tient assis. Je désire seulement me lever, me soulever, afin de me croire maître de moi. Je ne peux pas! Je suis rivé à mon siège et mon siège adhère au sol, de telle sorte qu'aucune force ne nous soulèverait.

Puis, tout d'un coup, il faut, il faut, il faut que j'aille au fond de mon jardin cueillir des fraises et les manger. Et j'y vais. Je cueille des fraises et je les mange! Oh! mon Dieu! Mon Dieu! Mon Dieu! Est-il un Dieu? S'il en est un, délivrez-moi, sauvez-moi! secourez-moi! Pardon! Pitié! Grâce! Sauvez-moi! Oh! quelle souffrance! quelle torture! quelle horreur!

15 août. — Certes, voilà comment était possédée et dominée ma pauvre cousine, quand elle est venue m'emprunter cinq mille francs. Elle subissait un vouloir étranger entré en elle, comme une autre âme, comme une autre âme parasite et dominatrice. Est-ce que le monde va finir?

Mais celui qui me gouverne, quel est-il, cet invisible? cet inconnaissable, ce rôdeur d'une race surnaturelle?

Donc les Invisibles existent! Alors, comment depuis l'origine du monde ne se sont-ils pas encore manifestés d'une façon précise comme ils le font pour moi? Je n'ai jamais rien lu qui ressemble à ce qui s'est passé dans ma demeure. Oh! si je pouvais la quitter, si je pouvais m'en aller, fuir et ne pas revenir. Je serais sauvé, mais je ne peux pas.

16 août. — J'ai pu m'échapper aujourd'hui pendant deux heures, comme un prisonnier qui trouve ouverte, par hasard, la porte de son cachot. J'ai senti que j'étais libre tout à coup et qu'il était loin. J'ai ordonné d'atteler bien vite et j'ai gagné Rouen. Oh! quelle joie de pouvoir dire à un homme qui obéit: «Allez à Rouen!»

Je me suis fait arrêter devant la bibliothèque et j'ai prié qu'on me prêtât le grand traité du docteur Hermann Herestauss sur les habitants inconnus du monde antique et moderne.

Puis, au moment de remonter dans mon coupé, j'ai voulu dire: «À la gare!» et j'ai crié, – je n'ai pas dit, j'ai crié – d'une voix si forte que les passants se sont retournés: «À la maison», et je suis tombé, affolé d'angoisse, sur le coussin de ma voiture. Il m'avait retrouvé et repris.

17 août. — Quelle nuit! quelle nuit! Et pourtant il me semble que je devrais me réjouir. Jusqu'à une heure du matin, j'ai lu! Hermann Herestauss, docteur en philosophie et en théogonie, a écrit l'histoire et les manifestations de tous les êtres invisibles rôdant autour de l'homme ou rêvés par lui. Il décrit leurs origines, leur domaine, leur puissance. Mais aucun d'eux ne ressemble à celui qui me hante. On dirait que l'homme, depuis qu'il pense, a pressenti et redouté un être nouveau, plus fort que lui, son successeur en ce monde, et que, le sentant proche et ne pouvant prévoir la nature de ce maître, il a créé, dans sa terreur, tout le peuple fantastique des êtres occultes, fantômes vagues nés de la peur.

Donc, ayant lu jusqu'à une heure du matin, j'ai été m'asseoir ensuite auprès de ma fenêtre ouverte pour rafraîchir mon front et ma pensée au vent calme de l'obscurité.

Il faisait bon, il faisait tiède ! Comme j'aurais aimé cette nuit-là autrefois !

Pas de lune. Les étoiles avaient au fond du ciel noir des scintillements frémissants. Qui habite ces mondes ? Quelles formes, quels vivants, quels animaux, quelles plantes sont là-bas ? Ceux qui pensent dans ces univers lointains, que savent-ils plus que nous ? Que peuvent-ils plus que nous ? Que voient-ils que nous ne connaissons point ? Un d'eux, un jour ou l'autre, traversant l'espace, n'apparaîtra-t-il pas sur notre terre pour la conquérir, comme les Normands jadis traversaient la mer pour asservir des peuples plus faibles ?

Nous sommes si infirmes, si désarmés, si ignorants, si petits, nous autres, sur ce grain de boue qui tourne délayé dans une goutte d'eau.

Je m'assoupis en rêvant ainsi au vent frais du soir.

Or, ayant dormi environ quarante minutes, je rouvris les yeux sans faire un mouvement, réveillé par je ne sais quelle émotion confuse et bizarre.

Je ne vis rien d'abord, puis, tout à coup, il me sembla qu'une page du livre resté ouvert sur ma table venait de tourner toute seule. Aucun souffle d'air n'était entré par ma fenêtre. Je fus surpris et j'attendis. Au bout de quatre minutes environ, je vis, je vis, oui, je vis de mes yeux une autre page se soulever et se rabattre sur la précédente, comme si un doigt l'eût feuilletée. Mon fauteuil était vide, semblait vide ; mais je compris qu'il était là, lui, assis à ma place, et qu'il lisait. D'un bond furieux, d'un bond de bête révoltée, qui va éventrer son dompteur, je traversai ma chambre pour le saisir, pour l'étreindre, pour le tuer !... Mais mon siège, avant que je l'eusse atteint, se renversa comme si on eût fui devant moi... ma table oscilla, ma lampe tomba et s'éteignit, et ma fenêtre se ferma comme si un malfaiteur surpris se fût élancé dans la nuit, en prenant à pleines mains les battants.

Donc, il s'était sauvé ; il avait eu peur, peur de moi, lui !

Alors... alors... demain... ou après..., ou un jour quelconque, je pourrai donc le tenir sous mes poings, et l'écraser contre le sol ! Est-ce que les chiens, quelquefois, ne mordent point et n'étranglent pas leurs maîtres ?

18 août. — J'ai songé toute la journée. Oh ! oui je vais lui obéir, suivre ses impulsions, accomplir toutes ses volontés, me faire humble, soumis lâche. Il est le plus fort. Mais une heure viendra...

19 août. — Je sais... je sais... je sais tout ! Je viens de lire ceci dans la *Revue du Monde scientifique* : « Une nouvelle assez curieuse nous arrive de Rio de Janeiro. Une folie, une épidémie de folie, comparable aux démences contagieuses qui atteignirent les peuples d'Europe au Moyen Âge, sévit en ce moment dans la province de San-Paulo. Les habitants éperdus quittent leurs maisons, désertent leurs villages, abandonnent leurs cultures, se disant poursuivis, possédés, gouvernés comme un bétail humain par des êtres invisibles bien que tangibles, des sortes de vampires qui se nourrissent de leur vie, pendant leur sommeil, et qui boivent en outre de l'eau et du lait sans paraître toucher à aucun autre aliment.

« M. le professeur Don Pedro Henriquez, accompagné de plusieurs savants médecins, est parti pour la province de San-Paulo afin d'étudier sur place les origines et les manifestations de cette surprenante folie, et de proposer à l'Empereur les mesures qui lui paraîtront le plus propres à rappeler à la raison ces populations en délire. »

Ah ! Ah ! je me rappelle, je me rappelle le beau trois-mâts brésilien qui passa sous mes fenêtres en remontant la Seine, le 8 mai dernier ! Je le trouvais si joli, si blanc, si gai ! L'Être était dessus, venant de là-bas, où sa race est née ! Et il m'a vu ! Il a vu ma demeure blanche aussi ; et il a sauté du navire sur la rive. Oh ! mon Dieu !

À présent, je sais, je devine. Le règne de l'homme est fini.

Il est venu, Celui que redoutaient les premières terreurs des peuples naïfs, Celui qu'exorcisaient les prêtres inquiets, que les sorciers évoquaient par les nuits sombres, sans le voir apparaître encore, à qui les pressentiments des maîtres passagers du monde prêtèrent toutes les formes monstrueuses ou gracieuses des gnomes, des esprits, des génies, des fées, des farfadets. Après les grossières conceptions de l'épouvante primitive, des hommes plus perspicaces l'ont pressenti plus clairement. Mesmer l'avait deviné et les médecins, depuis dix ans déjà, ont découvert, d'une façon précise, la nature de sa puissance avant qu'il l'eût exercée lui-même. Ils ont joué avec cette arme du Seigneur nouveau, la domination d'un mystérieux vouloir sur l'âme humaine devenue esclave. Ils ont appelé cela magnétisme, hypnotisme, suggestion… que sais-je ? Je le ai vus s'amuser comme des enfants imprudents avec cette horrible puissance ! Malheur à nous ! Malheur à l'homme ! Il est venu, le… le… comment se nomme-t-il… le… il me semble qu'il me crie son nom, et je ne l'entends pas… le… oui… il le crie… J'écoute… je ne peux pas… répète… le… Horla… J'ai entendu… le Horla… c'est lui… le Horla… il est venu !…

Ah ! le vautour a mangé la colombe ; le loup a mangé le mouton ; le lion a dévoré le buffle aux cornes aiguës ; l'homme a tué le lion avec la flèche, avec le glaive, avec la poudre ; mais le Horla va faire de l'homme ce que nous avons fait du cheval et du bœuf : sa chose, son serviteur et sa nourriture, par la seule puissance de sa volonté. Malheur à nous !

Pourtant, l'animal, quelquefois, se révolte et tue celui qui l'a dompté… moi aussi je veux… je pourrai… mais il faut le connaître, le toucher, le voir ! Les savants disent que l'œil de la bête, différent du nôtre, ne distingue point comme le nôtre… Et mon œil à moi ne peut distinguer le nouveau venu qui m'opprime.

Pourquoi ? Oh ! je me rappelle à présent les paroles du moine du Mont-Saint-Michel : « Est-ce que nous voyons la cent millième partie de ce qui existe ? Tenez, voici le vent qui est la plus grande force de la nature, qui renverse les hommes, abat les édifices, déracine les arbres, soulève la mer en montagnes d'eau, détruit les falaises et jette aux brisants les grands navires, le vent qui tue, qui siffle, qui gémit, qui mugit, l'avez-vous vu et pouvez-vous le voir ! Il existe pourtant ! »

Et je songeais encore : mon œil est si faible, si imparfait, qu'il ne distingue même point les corps durs, s'ils sont transparents comme le verre !… Qu'une glace sans tain barre mon chemin, il me jette dessus comme l'oiseau entré dans une chambre se casse la tête aux vitres. Mille choses en outre le trompent et l'égarent ? Quoi d'étonnant, alors, à ce qu'il ne sache point apercevoir un corps nouveau que la lumière traverse.

Un être nouveau ! pourquoi pas ? Il devait venir assurément ! pourquoi serions-nous les derniers ! Nous ne le distinguons point, ainsi que tous les autres créés avant nous ? C'est que sa nature est plus parfaite, son corps plus fin et plus fini que le nôtre, que le nôtre si faible, si maladroitement conçu, encombré d'organes toujours fatigués, toujours forcés comme des ressorts trop complexes, que le nôtre, qui vit comme une plante et comme une bête, en se nourrissant péniblement d'air, d'herbe et de viande, machine animale en proie aux maladies, aux déformations, aux putréfactions, poussive, mal réglée, naïve et bizarre, ingénieusement mal faite, œuvre grossière et délicate, ébauche d'être qui pourrait devenir intelligent et superbe.

Nous sommes quelques-uns, si peu sur ce monde, depuis l'huître jusqu'à l'homme. Pourquoi pas un de plus, une fois accomplie la période qui sépare les apparitions successives de toutes les espèces diverses ?

Pourquoi pas un de plus ? Pourquoi pas aussi d'autres arbres aux fleurs immenses, éclatantes et parfumant des régions entières ? Pourquoi pas d'autres éléments que le feu, l'air, la terre et l'eau ? — Ils sont quatre, rien que quatre, ces pères nourriciers des êtres ! Quelle pitié ! Pourquoi ne sont-ils pas quarante, quatre cents, quatre mille ! Comme tout est pauvre, mesquin, misérable ! avarement donné, sèchement inventé, lourdement fait ! Ah ! l'éléphant, l'hippopotame, que de grâce ! le chameau, que d'élégance !

Mais direz-vous, le papillon ! une fleur qui vole ! J'en rêve un qui serait grand comme cent univers, avec des ailes dont je ne puis même exprimer la forme, la beauté, la couleur et le mouvement. Mais je le vois... il va d'étoile en étoile, les rafraîchissant et les embaumant au souffle harmonieux et léger de sa course !... Et les peuples de là-haut le regardent passer, extasiés et ravis !

....

Qu'ai-je donc ? C'est lui, lui, le Horla, qui me hante, qui me fait penser ces folies ! Il est en moi, il devient mon âme ; je le tuerai !

19 août. — Je le tuerai. Je l'ai vu ! je me suis assis hier soir, à ma table ; et je fis semblant d'écrire avec une grande attention. Je savais bien qu'il viendrait rôder autour de moi, tout près, si près que je pourrais peut-être le toucher, le saisir ? Et alors !... alors, j'aurais la force des désespérés ; j'aurais mes mains, mes genoux, ma poitrine, mon front, mes dents pour l'étrangler, l'écraser, le mordre, le déchirer.

Et je le guettais avec tous mes organes surexcités.

J'avais allumé mes deux lampes et les huit bougies de ma cheminée, comme si j'eusse pu, dans cette clarté, le découvrir.

En face de moi, mon lit, un vieux lit de chêne à colonnes ; à droite, ma cheminée ; à gauche, ma porte fermée avec soin, après l'avoir laissée longtemps ouverte, afin de l'attirer ; derrière moi, une très haute armoire à glace, qui me servait chaque jour pour me raser, pour m'habiller, et où j'avais coutume de me regarder, de la tête aux pieds, chaque fois que je passais devant.

Donc, je faisais semblant d'écrire, pour le tromper, car il m'épiait lui aussi ; et soudain, je sentis, je fus certain qu'il lisait par-dessus mon épaule, qu'il était là, frôlant mon oreille.

Je me dressai, les mains tendues, en me tournant si vite que je faillis tomber. Eh bien ?... on y voyait comme en plein jour, et je ne me vis pas dans ma glace !... Elle était vide, claire, profonde, pleine de lumière ! Mon image n'était pas dedans... et j'étais en face, moi ! Je voyais le grand verre limpide du haut en bas. Et je regardais cela avec des yeux affolés ; et je n'osais plus avancer, je n'osais plus faire un mouvement, sentant bien pourtant qu'il était là, mais qu'il m'échapperait encore, lui dont le corps imperceptible avait dévoré mon reflet.

Comme j'eus peur ! Puis voilà que tout à coup je commençai à m'apercevoir dans une brume, au fond du miroir, dans une brume comme à travers une nappe d'eau ; et il me semblait que cette eau glissait de gauche à droite, lentement, rendant plus précise mon image, de seconde en seconde. C'était comme la fin d'une éclipse. Ce qui me cachait ne paraissait point posséder de contours nettement arrêtés, mais une sorte de transparence opaque, s'éclaircissant peu à peu.

Je pus enfin me distinguer complètement, ainsi que je le fais chaque jour en me regardant.

Je l'avais vu ! L'épouvante m'en est restée, qui me fait encore frissonner.

20 août. — Le tuer, comment ? puisque je ne peux l'atteindre ? Le poison ? mais il me verrait le mêler à l'eau ; et nos poisons, d'ailleurs, auraient-ils un effet sur son corps imperceptible ? Non... non... sans aucun doute... Alors ?... alors ?...

21 août. — J'ai fait venir un serrurier de Rouen et lui ai commandé pour ma chambre des persiennes de fer, comme en ont, à Paris, certains hôtels particuliers, au rez-de-chaussée, par crainte des voleurs. Il me fera, en outre, une porte pareille. Je me suis donné pour un poltron, mais je m'en moque !...

....

10 septembre. — Rouen, hôtel Continental. C'est fait... c'est fait... mais est-il mort ? J'ai l'âme bouleversée de ce que j'ai vu.

Hier donc, le serrurier ayant posé ma persienne et ma porte de fer, j'ai laissé tout ouvert, jusqu'à minuit, bien qu'il commençât à faire froid.

Tout à coup, j'ai senti qu'il était là, et une joie, une joie folle m'a saisi. Je me suis levé lentement, et j'ai marché à droite, à gauche, longtemps pour qu'il ne devinât rien ; puis j'ai ôté mes bottines et mis mes savates avec négligence ; puis j'ai fermé ma persienne de fer, et revenant à pas tranquilles vers la porte, j'ai fermé la porte aussi à double tour. Retournant alors vers la fenêtre, je la fixai par un cadenas, dont je mis la clef dans ma poche.

Tout à coup, je compris qu'il s'agitait autour de moi, qu'il avait peur à son tour, qu'il m'ordonnait de lui ouvrir. Je faillis céder ; je ne cédai pas, mais m'adossant à la porte, je l'entrebâillai, tout juste assez pour passer, moi, à reculons ; et comme je suis très grand ma tête touchait au linteau. J'étais sûr qu'il n'avait pu s'échapper et je l'enfermai, tout seul, tout seul. Quelle joie ! Je le tenais ! Alors, je descendis, en courant ; je pris dans mon salon, sous ma chambre, mes deux lampes et je renversai toute l'huile sur le tapis, sur les meubles, partout ; puis j'y mis le feu, et je me sauvai, après avoir bien refermé, à double tour, la grande porte d'entrée.

Et j'allai me cacher au fond de mon jardin, dans un massif de lauriers. Comme ce fut long ! comme ce fut long ! Tout était noir, muet, immobile ; pas un souffle d'air, pas une étoile, des montagnes de nuages qu'on ne voyait point, mais qui pesaient sur mon âme si lourds, si lourds.

Je regardais ma maison, et j'attendais. Comme ce fut long ! Je croyais déjà que le feu s'était éteint tout seul, ou qu'il l'avait éteint, Lui, quand une des fenêtres d'en bas creva sous la poussée de l'incendie, et une flamme, une grande flamme rouge et jaune, longue, molle, caressante, monta le long du mur blanc et le baisa jusqu'au toit. Une lueur courut dans les arbres, dans les branches, dans les feuilles, et un frisson, un frisson de peur aussi. Les oiseaux se réveillaient ; un chien se mit à hurler ; il me sembla que le jour se levait ! Deux autres fenêtres éclatèrent aussitôt, et je vis que tout le bas de ma demeure n'était plus qu'un effrayant brasier. Mais un cri, un cri horrible, suraigu, déchirant, un cri de femme passa dans la nuit, et deux mansardes s'ouvrirent ! J'avais oublié mes domestiques ! Je vis leurs faces affolées, et leurs bras qui s'agitaient !...

Alors, éperdu d'horreur, je me mis à courir vers le village en hurlant: «Au secours! au secours! au feu! au feu!» Je rencontrai des gens qui s'en venaient déjà et je retournai avec eux, pour voir.

La maison, maintenant, n'était plus qu'un bûcher horrible et magnifique, un bûcher monstrueux, éclairant toute la terre, un bûcher où brûlaient des hommes, et où il brûlait aussi, Lui, Lui, mon prisonnier, l'Être nouveau, le nouveau maître, le Horla!

Soudain le toit tout entier s'engloutit entre les murs et un volcan de flammes jaillit jusqu'au ciel. Par toutes les fenêtres ouvertes sur la fournaise, je voyais la cuve de feu, et je pensais qu'il était là, dans ce four, mort...

«Mort? Peut-être?... Son corps? son corps que le jour traversait n'était-il pas indestructible par les moyens qui tuent les nôtres?

«S'il n'était pas mort?... seul peut-être le temps a prise sur l'Être Invisible et Redoutable. Pourquoi ce corps transparent, ce corps inconnaissable, ce corps d'Esprit, s'il devait craindre, lui aussi, les maux, les blessures, les infirmités, la destruction prématurée?

«La destruction prématurée? toute l'épouvante humaine vient d'elle! Après l'homme, le Horla. — Après celui qui peut mourir tous les jours, à toutes les heures, à toutes les minutes, par tous les accidents, est venu celui qui ne doit mourir qu'à son jour, à son heure, à sa minute, parce qu'il a touché la limite de son existence!

«Non... non... sans aucun doute, sans aucun doute... il n'est pas mort... Alors... alors... il va donc falloir que je me tue, moi!...»

....

L'héritage

1

À Catulle Mendès.

Bien qu'il ne fût pas encore dix heures, les employés arrivaient comme un flot sous la grande porte du ministère de la Marine, venus en hâte de tous les coins de Paris, car on approchait du jour de l'an, époque de zèle et d'avancements. Un bruit de pas pressés emplissait le vaste bâtiment tortueux comme un labyrinthe et que sillonnaient d'inextricables couloirs, percés par d'innombrables portes donnant entrée dans les bureaux.

Chacun pénétrait dans sa case, serrait la main du collègue arrivé déjà, enlevait sa jaquette, passait le vieux vêtement de travail et s'asseyait devant sa table où des papiers entassés l'attendaient. Puis on allait aux nouvelles dans les bureaux voisins. On s'informait d'abord si le chef était là, s'il avait l'air bien luné, si le courrier du jour était volumineux.

Le commis d'ordre du «matériel général», M. César Cachelin, un ancien sous-officier d'infanterie de marine, devenu commis principal par la force du temps, enregistrait sur un grand livre toutes les pièces que venait d'apporter l'huissier du cabinet. En face de lui l'expéditionnaire, le père Savon, un vieil abruti célèbre dans tout le ministère par ses malheurs conjugaux, transcrivait, d'une main lente, une dépêche du chef, et s'appliquait, le corps de côté, l'œil oblique, dans une posture roide de copiste méticuleux.

M. Cachelin, un gros homme dont les cheveux blancs et courts se dressaient en brosse sur le crâne, parlait tout en accomplissant sa besogne quotidienne: «Trente-deux dépêches de Toulon. Ce port-là nous en donne autant que les quatre autres réunis.» Puis il posa au père Savon la question qu'il lui adressait tous les matins: «Eh bien, mon père Savon, comment va madame?»

Le vieux, sans interrompre sa besogne, répondit: «Vous savez bien, monsieur Cachelin, que ce sujet m'est fort pénible.»

Et le commis d'ordre se mit à rire, comme il riait tous les jours, en entendant cette même phrase.

La porte s'ouvrit et M. Maze entra. C'était un beau garçon brun, vêtu avec une élégance exagérée, et qui se jugeait déclassé, estimant son physique et ses manières au-dessus de sa position. Il portait de grosses bagues, une grosse chaîne de montre, un monocle, par chic, car il l'enlevait pour travailler, et il avait un fréquent mouvement des poignets pour mettre bien en vue ses manchettes ornées de gros boutons luisants.

Il demanda, dès la porte: «Beaucoup de besogne aujourd'hui?» M. Cachelin répondit: «C'est toujours Toulon qui donne. On voit bien que le jour de l'an approche; ils font du zèle, là-bas.»

Mais un autre employé, farceur et bel esprit, M. Pitolet, apparut à son tour et demanda en riant: «Avec ça que nous n'en faisons pas, du zèle?»

Puis, tirant sa montre, il déclara: «Dix heures moins sept minutes, et tout le monde au poste! Mazette! comment appelez-vous ça? Et je vous parie bien que Sa Dignité M. Lesable était arrivé à neuf heures en même temps que notre illustre chef.»

Le commis d'ordre cessa d'écrire, posa sa plume sur son oreille, et s'accoudant au pupitre: «Oh! celui-là, par exemple, s'il ne réussit pas, ce ne sera point faute de peine!»

Et M. Pitolet, s'asseyant sur le coin de la table et balançant la jambe, répondit: «Mais il réussira, papa Cachelin, il réussira, soyez-en sûr. Je vous parie vingt francs contre un sou qu'il sera chef avant dix ans.»

M. Maze, qui roulait une cigarette en se chauffant les cuisses au feu, prononça: «Zut! Quant à moi, j'aimerais mieux rester toute ma vie à deux mille quatre que de me décarcasser comme lui.»

Pitolet pivota sur ses talons, et, d'un ton goguenard: «Ce qui n'empêche pas, mon cher, que vous êtes ici, aujourd'hui 20 décembre, avant dix heures.»

Mais l'autre haussa les épaules d'un air indifférent: «Parbleu! je ne veux pas non plus que tout le monde me passe sur le dos! Puisque vous venez ici voir lever l'aurore, j'en fais autant, bien que je déplore votre empressement. De là à appeler le chef "cher maître", comme fait Lesable, et à partir à six heures et demie, et à emporter de la besogne à domicile, il y a loin. D'ailleurs, moi, je suis du monde, et j'ai d'autres obligations qui me prennent du temps. »

M. Cachelin avait cessé d'enregistrer et il demeurait songeur, le regard perdu devant lui. Enfin il demanda: « Croyez-vous qu'il ait encore son avancement cette année? »

Pitolet s'écria: « Je te crois, qu'il l'aura, et plutôt dix fois qu'une. Il n'est pas roublard pour rien. »

Et on parla de l'éternelle question des avancements et des gratifications qui, depuis un mois, affolait cette grande ruche de bureaucrates, du rez-de-chaussée jusqu'au toit.

On supputait les chances, on supposait les chiffres, on balançait les titres, on s'indignait d'avance des injustices prévues. On recommençait sans fin des discussions soutenues la veille et qui devaient revenir invariablement le lendemain avec les mêmes raisons, les mêmes arguments et les mêmes mots.

Un nouveau commis entra, petit, pâle, l'air malade, M. Boissel, qui vivait comme dans un roman d'Alexandre Dumas père. Tout pour lui devenait aventure extraordinaire, et il racontait chaque matin à Pitolet, son compagnon, ses rencontres étranges de la veille au soir, les drames supposés de sa maison, les cris poussés dans la rue qui lui avaient fait ouvrir sa fenêtre à trois heures vingt de la nuit. Chaque jour il avait séparé des combattants, arrêté des chevaux, sauvé des femmes en danger, et bien que d'une déplorable faiblesse physique, il citait sans cesse, d'un ton traînard et convaincu, des exploits accomplis par la force de son bras.

Dès qu'il eut compris qu'on parlait de Lesable, il déclara: « À quelque jour je lui dirai son fait à ce morveux-là; et, s'il me passe jamais sur le dos, je le secouerai d'une telle façon que je lui enlèverai l'envie de recommencer! »

Maze, qui fumait toujours, ricana: « Vous feriez bien, dit-il, de commencer dès aujourd'hui, car je sais de source certaine que vous êtes mis de côté cette année pour céder la place à Lesable. »

Boissel leva la main: « Je vous jure que si... »

La porte s'était ouverte encore une fois et un jeune homme de petite taille, portant des favoris d'officier de marine ou d'avocat, un col droit très haut, et qui précipitait ses paroles comme s'il n'eût jamais pu trouver le temps de terminer tout ce qu'il avait à dire, entra vivement d'un air préoccupé. Il distribua des poignées de main en homme qui n'a pas le loisir de flâner, et s'approchant du commis d'ordre: «Mon cher Cachelin, voulez-vous me donner le dossier Chapelou, fil de caret, Toulon, A.T.V. 1875?»

L'employé se leva, atteignit un carton au-dessus de sa tête, prit dedans un paquet de pièces enfermées dans une chemise bleue, et le présentant: «Voici, monsieur Lesable, vous n'ignorez pas que le chef a enlevé hier trois dépêches dans ce dossier?

— Oui. Je les ai, merci.»

Et le jeune homme sortit d'un pas pressé.

À peine fut-il parti, Maze déclara: «Hein! quel chic! On jurerait qu'il est déjà chef.»

Et Pitolet répliqua: «Patience! patience! il le sera avant nous tous.»

M. Cachelin ne s'était pas remis à écrire. On eût dit qu'une pensée fixe l'obsédait. Il demanda encore: «Il a un bel avenir, ce garçon-là?»

Et Maze murmura d'un ton dédaigneux: «Pour ceux qui jugent le ministère une carrière — oui. — Pour les autres — c'est peu...»

Pitolet l'interrompit: «Vous avez peut-être l'intention de devenir ambassadeur?»

L'autre fit un geste impatient: «Il ne s'agit pas de moi. Moi, je m'en fiche! Cela n'empêche que la situation de chef de bureau ne sera jamais grand-chose dans le monde.»

Le père Savon, l'expéditionnaire, n'avait point cessé de copier. Mais depuis quelques instants, il trempait coup sur coup sa plume dans l'encrier, puis l'essuyait obstinément sur l'éponge imbibée d'eau qui entourait le godet, sans parvenir à tracer une lettre. Le liquide noir glissait le long de la pointe de métal et tombait, en pâtés ronds, sur le papier. Le bonhomme, effaré et désolé, regardait son expédition qu'il lui faudrait recommencer, comme tant d'autres depuis quelque temps, et il dit d'une voix basse et triste:

«Voici encore de l'encre falsifiée!...»

Un éclat de rire violent jaillit de toutes les bouches. Cachelin secouait la table avec son ventre; Maze se courbait en deux comme s'il allait entrer à reculons dans la cheminée; Pitolet tapait du pied, toussait, agitait sa main droite comme si elle eût été mouillée, et Boissel lui-même étouffait, bien qu'il prît généralement les choses plutôt au tragique qu'au comique.

Mais le père Savon, essuyant enfin sa plume au pan de sa redingote, reprit: «Il n'y a pas de quoi rire. Je suis obligé de refaire deux ou trois fois tout mon travail.»

Il tira de son buvard une autre feuille, ajusta dedans son transparent et recommença l'en-tête : « Monsieur le ministre et cher collègue... » La plume maintenant gardait l'encre et traçait les lettres nettement. Et le vieux reprit sa pose oblique et continua sa copie.

Les autres n'avaient point cessé de rire. Ils s'étranglaient. C'est que depuis bientôt six mois on continuait la même farce au bonhomme, qui ne s'apercevait de rien. Elle consistait à verser quelques gouttes d'huile sur l'éponge mouillée pour décrasser les plumes. L'acier, se trouvant ainsi enduit de liquide gras, ne prenait plus l'encre ; et l'expéditionnaire passait des heures à s'étonner et à se désoler, usait des boîtes de plumes et des bouteilles d'encre, et déclarait enfin que les fournitures de bureau étaient devenues tout à fait défectueuses.

Alors la charge avait tourné à l'obsession et au supplice. On mêlait de la poudre de chasse au tabac du vieux, on versait des drogues dans sa carafe d'eau, dont il buvait un verre de temps en temps, et on lui avait fait croire que, depuis la Commune, la plupart des matières d'un usage courant avaient été falsifiées ainsi par les socialistes, pour faire du tort au gouvernement et amener une révolution.

Il en avait conçu une haine effroyable contre les anarchistes, qu'il croyait embusqués partout, cachés partout, et une peur mystérieuse d'un inconnu voilé et redoutable.

Mais un coup de sonnette brusque tinta dans le corridor. On le connaissait bien, ce coup de sonnette rageur du chef, M. Torchebeuf ; et chacun s'élança vers la porte afin de regagner son compartiment.

Cachelin se remit à enregistrer, puis il posa de nouveau sa plume et prit sa tête dans ses mains pour réfléchir.

Il mûrissait une idée qui le tracassait depuis quelque temps. Ancien sous-officier d'infanterie de marine réformé après trois blessures reçues, une au Sénégal et deux en Cochinchine, et entré au ministère par faveur exceptionnelle, il avait eu à endurer bien des misères, des duretés et des déboires dans sa longue carrière d'infime subordonné ; aussi considérait-il l'autorité, l'autorité officielle, comme la plus belle chose du monde. Un chef de bureau lui semblait un être d'exception, vivant dans une sphère supérieure ; et les employés dont il entendait dire : « C'est un malin, il arrivera vite », lui apparaissaient comme d'une autre race, d'une autre nature que lui.

Il avait donc pour son collègue Lesable une considération supérieure qui touchait à la vénération, et il nourrissait le désir secret, le désir obstiné de lui faire épouser sa fille.

Elle serait riche un jour, très riche. Cela était connu du ministère tout entier, car sa sœur à lui, Mlle Cachelin, possédait un million, un million net, liquide et solide, acquis par l'amour, disait-on, mais purifié par une dévotion tardive.

La vieille fille, qui avait été galante, s'était retirée avec cinq cent mille francs, qu'elle avait plus que doublés en dix-huit ans, grâce à une économie féroce et à des habitudes de vie plus que modestes. Elle habitait depuis longtemps chez son frère, demeuré veuf avec une fillette, Coralie, mais elle ne contribuait que d'une façon insignifiante aux dépenses de la maison, gardant et accumulant son or, et répétant sans cesse à Cachelin : « Ça ne fait rien, puisque c'est pour ta fille, mais marie-la vite, car je veux voir mes petits-neveux. C'est elle qui me donnera cette joie d'embrasser un enfant de notre sang. »

La chose était connue dans l'administration ; et les prétendants ne manquaient point. On disait que Maze lui-même, le beau Maze, le lion du bureau, tournait autour du père Cachelin avec une intention visible. Mais l'ancien sergent, un roublard qui avait roulé sous toutes les latitudes, voulait un garçon d'avenir, un garçon qui serait chef et qui reverserait de la considération sur lui, César, le vieux sous-off. Lesable faisait admirablement son affaire, et il cherchait depuis longtemps un moyen de l'attirer chez lui.

Tout d'un coup, il se dressa en se frottant les mains. Il avait trouvé.

Il connaissait bien le faible de chacun. On ne pouvait prendre Lesable que par la vanité, la vanité professionnelle. Il irait lui demander sa protection comme on va chez un sénateur ou chez un député, comme on va chez un haut personnage.

N'ayant point eu d'avancement depuis cinq ans, Cachelin se considérait comme bien certain d'en obtenir un cette année. Il ferait donc semblant de croire qu'il le devait à Lesable et l'inviterait à dîner comme remerciement.

Aussitôt son projet conçu, il en commença l'exécution. Il décrocha dans son armoire son veston de rue, ôta le vieux, et, prenant toutes les pièces enregistrées qui concernaient le service de son collègue, il se rendit au bureau que cet employé occupait tout seul, par faveur spéciale, en raison de son zèle et de l'importance de ses attributions.

Le jeune homme écrivait sur une grande table, au milieu de dossiers ouverts et de papiers épars, numérotés avec de l'encre rouge ou bleue.

Dès qu'il vit entrer le commis d'ordre, il demanda, d'un ton familier où perçait une considération: «Eh bien, mon cher, m'apportez-vous beaucoup d'affaires?

— Oui, pas mal. Et puis je voudrais vous parler.

— Asseyez-vous, mon ami, je vous écoute.»

Cachelin s'assit, toussota, prit un air troublé, et, d'une voix mal assurée: «Voici ce qui m'amène, monsieur Lesable. Je n'irai pas par quatre chemins. Je serai franc comme un vieux soldat. Je viens vous demander un service.

— Lequel?

— En deux mots. J'ai besoin d'obtenir mon avancement cette année. Je n'ai personne pour me protéger, moi, et j'ai pensé à vous.»

Lesable rougit un peu, étonné, content, plein d'une orgueilleuse confusion. Il répondit cependant:

«Mais je ne suis rien ici, mon ami. Je suis beaucoup moins que vous qui allez être commis principal. Je ne puis rien. Croyez que...»

Cachelin lui coupa la parole avec une brusquerie pleine de respect: «Tra la la. Vous avez l'oreille du chef, et si vous lui dites un mot pour moi, je passe. Songez que j'aurai droit à ma retraite dans dix-huit mois, et cela me fera cinq cents francs de moins si je n'obtiens rien au premier janvier. Je sais bien qu'on dit: "Cachelin n'est pas gêné, sa sœur a un million." Ça c'est vrai, que ma sœur a un million, mais il fait des petits son million, et elle n'en donne pas. C'est pour ma fille, c'est encore vrai; mais, ma fille et moi, ça fait deux. Je serai bien avancé, moi, quand ma fille et mon gendre rouleront carrosse, si je n'ai rien à me mettre sous la dent. Vous comprenez la situation, n'est-ce pas?»

Lesable opina du front: «C'est juste, très juste, ce que vous dites là. Votre gendre peut n'être pas parfait pour vous. Et on est toujours bien aise d'ailleurs de ne rien devoir à personne. Enfin, je vous promets de faire mon possible, je parlerai au chef, je lui exposerai le cas, j'insisterai s'il le faut. Comptez sur moi!»

Cachelin se leva, prit les deux mains de son collègue, les serra en les secouant d'une façon militaire; et il bredouilla: «Merci, merci, comptez que si je rencontre jamais l'occasion... Si je peux jamais...» Il n'acheva pas, ne trouvant point de fin pour sa phrase, et il s'en alla en faisant retentir par le corridor son pas rythmé d'ancien troupier.

Mais il entendit de loin une sonnette irritée qui tintait, et il se mit à courir, car il avait reconnu le timbre. C'était le chef, M. Torchebeuf, qui demandait son commis d'ordre.

Huit jours plus tard, Cachelin trouva un matin sur son bureau une lettre cachetée qui contenait ceci :

> *Mon cher collègue, je suis heureux de vous annoncer que le ministre, sur la proposition de notre directeur et de notre chef, a signé hier votre nomination de commis principal. Vous en recevrez demain la notification officielle. Jusque-là, vous ne savez rien, n'est-ce pas ?*
>
> *Bien à vous,*
>
> LESABLE.

César courut aussitôt au bureau de son jeune collègue, le remercia, s'excusa, offrit son dévouement, se confondit en gratitude.

On apprit en effet, le lendemain, que MM. Lesable et Cachelin avaient chacun un avancement. Les autres employés attendraient une année meilleure et toucheraient, comme compensation, une gratification qui variait entre cent cinquante et trois cents francs.

M. Boissel déclara qu'il guetterait Lesable au coin de sa rue, à minuit, un de ces soirs, et qu'il lui administrerait une rossée à le laisser sur place. Les autres employés se turent.

Le lundi suivant, Cachelin, dès son arrivée, se rendit au bureau de son protecteur, entra avec solennité et d'un ton cérémonieux : « J'espère que vous voudrez bien me faire l'honneur de venir dîner chez nous à l'occasion des Rois. Vous choisirez vous-même le jour. »

Le jeune homme, un peu surpris, leva la tête et planta ses yeux dans les yeux de son collègue ; puis il répondit, sans détourner son regard pour bien lire la pensée de l'autre : « Mais, mon cher, c'est que... tous mes soirs sont promis d'ici quelque temps. »

Cachelin insista, d'un ton bonhomme : « Voyons, ne nous faites pas le chagrin de nous refuser après le service que vous m'avez rendu. Je vous en prie, au nom de ma famille et au mien. »

Lesable, perplexe, hésitait. Il avait compris, mais il ne savait que répondre, n'ayant pas eu le temps de réfléchir et de peser le pour et le contre. Enfin, il pensa : « Je ne m'engage à rien en allant dîner », et il accepta d'un air satisfait en choisissant le samedi suivant. Il ajouta, souriant : « Pour n'avoir pas à me lever trop tôt le lendemain. »

2

M. Cachelin habitait dans le haut de la rue Rochechouart, au cinquième étage, un petit appartement avec terrasse, d'où l'on voyait tout Paris. Il avait trois chambres, une pour sa sœur, une pour sa fille, une pour lui; la salle à manger servait de salon.

Pendant toute la semaine il s'agita en prévision de ce dîner. Le menu fut longuement discuté pour composer en même temps un repas bourgeois et distingué. Il fut arrêté ainsi: un consommé aux œufs, des hors-d'œuvre, crevettes et saucisson, un homard, un beau poulet, des petits pois conservés, un pâté de foie gras, une salade, une glace, et du dessert.

Le foie gras fut acheté chez le charcutier voisin, avec recommandation de le fournir de première qualité. La terrine coûtait d'ailleurs trois francs cinquante. Quant au vin, Cachelin s'adressa au marchand de vin du coin qui lui fournissait au litre le breuvage rouge dont il se désaltérait d'ordinaire. Il ne voulut pas aller dans une grande maison, par suite de ce raisonnement: «Les petits débitants trouvent peu d'occasions de vendre leurs vins fins. De sorte qu'ils les conservent très longtemps en cave et qu'ils les ont excellents.»

Il rentra de meilleure heure le samedi pour s'assurer que tout était prêt. Sa bonne, qui vint lui ouvrir, était plus rouge qu'une tomate, car son fourneau, allumé depuis midi, par crainte de ne pas arriver à temps, lui avait rôti la figure tout le jour; et l'émotion aussi l'agitait.

Il entra dans la salle à manger pour tout vérifier. Au milieu de la petite pièce, la table ronde faisait une grande tache blanche, sous la lumière vive de la lampe coiffée d'un abat-jour vert.

Les quatre assiettes, couvertes d'une serviette pliée en bonnet d'évêque par Mlle Cachelin, la tante, étaient flanquées des couverts de métal blanc et précédées de deux verres, un grand et un petit. César trouva cela insuffisant comme coup d'œil, et il appela: «Charlotte!»

La porte de gauche s'ouvrit et une courte vieille parut. Plus âgée que son frère de dix ans, elle avait une étroite figure qu'encadraient des frisons de cheveux blancs obtenus au moyen de papillotes. Sa voix mince semblait trop faible pour son petit corps courbé, et elle allait d'un pas un peu traînant, avec des gestes endormis.

On disait d'elle, au temps de sa jeunesse: «Quelle mignonne créature!»

Elle était maintenant une maigre vieille, très propre par suite d'habitudes anciennes, volontaire, entêtée, avec un esprit étroit, méticuleux, et facilement irritable. Devenue très dévote, elle semblait avoir totalement oublié les aventures des jours passés.

Elle demanda: «Qu'est-ce que tu veux?»

Il répondit: «Je trouve que deux verres ne font pas grand effet. Si on donnait du champagne... Cela ne me coûtera jamais plus de trois ou quatre francs, et on pourrait mettre tout de suite les flûtes. On changerait tout à fait l'aspect de la salle.»

Mlle Charlotte reprit: «Je ne vois pas l'utilité de cette dépense. Enfin, c'est toi qui paies, cela ne me regarde pas.»

Il hésitait, cherchant à se convaincre lui-même: «Je t'assure que cela fera mieux. Et puis, pour le gâteau des Rois, ça animera.» Cette raison l'avait décidé. Il prit son chapeau et redescendit l'escalier, puis revint au bout de cinq minutes avec une bouteille qui portait au flanc, sur une large étiquette blanche ornée d'armoiries énormes: «Grand vin mousseux de Champagne du comte de Chatel-Rénovau.»

Et Cachelin déclara: «Il ne me coûte que trois francs, et il paraît qu'il est exquis.»

Il prit lui-même les flûtes dans une armoire et les plaça devant les convives.

La porte de droite s'ouvrit. Sa fille entra. Elle était grande, grasse et rose, une belle fille de forte race, avec des cheveux châtains et des yeux bleus. Une robe simple dessinait sa taille ronde et souple; sa voix forte, presque une voix d'homme, avait ces notes graves qui font vibrer les nerfs. Elle s'écria: «Dieu! du champagne! quel bonheur!» en battant des mains d'une manière enfantine.

Son père lui dit: «Surtout, sois aimable pour ce monsieur qui m'a rendu beaucoup de services.»

Elle se mit à rire d'un rire sonore qui disait: «Je sais.»

Le timbre du vestibule tinta, des portes s'ouvrirent et se fermèrent. Lesable parut. Il portait un habit noir, une cravate blanche et des gants blancs. Il fit un effet. Cachelin s'était élancé, confus et ravi: «Mais, mon cher, c'était entre nous; voyez, moi, je suis en veston.»

Le jeune homme répondit: «Je sais, vous me l'aviez dit, mais j'ai l'habitude de ne jamais sortir le soir sans mon habit.» Il saluait, le claque sous le bras, une fleur à la boutonnière. César lui présenta: «Ma sœur, Mlle Charlotte, — ma fille, Coralie, que nous appelons familièrement Cora.»

Tout le monde s'inclina. Cachelin reprit: «Nous n'avons pas de salon. C'est un peu gênant, mais on s'y fait.» Lesable répliqua: «C'est charmant!»

Puis on le débarrassa de son chapeau qu'il voulait garder. Et il se mit aussitôt à retirer ses gants.

On s'était assis; on se regardait de loin, à travers la table, et on ne disait plus rien. Cachelin demanda: «Est-ce que le chef est resté tard? Moi, je suis parti de bonne heure pour aider ces dames.»

Lesable répondit d'un ton dégagé: «Non. Nous sommes sortis ensemble parce que nous avions à parler de la solution des toiles à prélarts de Brest. C'est une affaire fort compliquée qui nous donnera bien du mal.»

Cachelin crut devoir mettre sa sœur au courant, et se tournant vers elle: «Toutes les questions difficiles au bureau, c'est M. Lesable qui les traite. On peut dire qu'il double le chef.»

La vieille fille salua poliment en déclarant: «Oh! je sais que monsieur a beaucoup de capacités.»

La bonne entra, poussant la porte du genou et tenant en l'air, des deux mains, une grande soupière. Alors «le maître» cria: «Allons, à table! Placez-vous là, monsieur Lesable, entre ma sœur et ma fille. Je pense que vous n'avez pas peur des dames.» Et le dîner commença.

Lesable faisait l'aimable, avec un petit air de suffisance, presque de condescendance, et il regardait de coin la jeune fille, s'étonnant de sa fraîcheur, de sa belle santé appétissante. Mlle Charlotte se mettait en frais, sachant les intentions de son frère, et elle soutenait la conversation banale accrochée à tous les lieux communs. Cachelin, radieux, parlait haut, plaisantait, versait le vin acheté une heure plus tôt chez le marchand du coin: «Un verre de ce petit bourgogne, monsieur Lesable. Je ne vous dis pas que ce soit un grand cru, mais il est bon, il a de la cave et il est naturel; quant à ça, j'en réponds. Nous l'avons par des amis qui sont là-bas.»

La jeune fille ne disait rien, un peu rouge, un peu timide, gênée par le voisinage de cet homme dont elle soupçonnait les pensées.

Quand le homard apparut, César déclara: «Voilà un personnage avec qui je ferais volontiers connaissance.» Lesable, souriant, raconta qu'un écrivain avait appelé le homard «le cardinal des mers», ne sachant pas qu'avant d'être cuit cet animal était noir.

Cachelin se mit à rire de toute sa force en répétant: «Ah! ah! ah! elle est bien drôle.» Mais Mlle Charlotte, devenue furieuse, se fâcha: «Je ne vois pas quel rapport on a pu faire. Ce monsieur-là était déplacé. Moi, je comprends toutes les plaisanteries, toutes, mais je m'oppose à ce qu'on ridiculise le clergé devant moi.»

Le jeune homme, qui voulait plaire à la vieille fille, profita de l'occasion pour faire une profession de foi catholique. Il parla des gens de mauvais goût qui traitent avec légèreté les grandes vérités. Et il conclut: «Moi, je respecte et je vénère la religion de mes pères, j'y ai été élevé, j'y resterai jusqu'à ma mort.»

Cachelin ne riait plus. Il roulait des boulettes de pain en murmurant: «C'est juste, c'est juste.» Puis il changea la conversation, qui l'ennuyait, et par une pente d'esprit naturelle à tous ceux qui accomplissent chaque jour la même besogne, il demanda: «Le beau Maze a-t-il dû rager de n'avoir pas son avancement, hein?»

Lesable sourit: «Que voulez-vous? à chacun selon ses actes!» Et on causa du ministère, ce qui passionnait tout le monde, car les deux femmes connaissaient les employés, presque autant que Cachelin lui-même, à force d'entendre parler d'eux chaque soir. Mlle Charlotte s'occupait beaucoup de Boissel, à cause des aventures qu'il racontait et de son esprit romanesque; et Mlle Cora s'intéressait secrètement au beau Maze. Elles ne les avaient jamais vus, d'ailleurs.

Lesable parlait d'eux avec un ton de supériorité, comme aurait pu le faire un ministre jugeant son personnel.

On l'écoutait: «Maze ne manque point d'un certain mérite; mais quand on veut arriver, il faut travailler plus que lui. Il aime le monde, les plaisirs. Tout cela apporte un trouble dans l'esprit. Il n'ira jamais loin, par sa faute. Il sera sous-chef, peut-être, grâce à ses influences, mais rien de plus. Quant à Pitolet, il rédige bien, il faut le reconnaître, il a une élégance de forme qu'on ne peut nier, mais pas de fond. Chez lui tout est en surface. C'est un garçon qu'on ne pourrait mettre à la tête d'un service important, mais qui pourrait être utilisé par un chef intelligent en lui mâchant la besogne.»

Mlle Charlotte demanda: «Et M. Boissel?»

Lesable haussa les épaules: «Un pauvre sire, un pauvre sire. Il ne voit rien dans les proportions exactes. Il se figure des histoires à dormir debout. Pour nous, c'est une non-valeur.»

Cachelin se mit à rire et déclara: «Le meilleur, c'est le père Savon.» Et tout le monde rit.

Puis on parla des théâtres et des pièces de l'année. Lesable jugea avec la même autorité la littérature dramatique, classant les auteurs nettement, déterminant le fort et le faible de chacun avec l'assurance ordinaire des hommes qui se sentent infaillibles et universels.

On avait fini le rôti. César maintenant décoiffait la terrine de foie gras avec des précautions délicates qui faisaient bien juger du contenu. Il dit: «Je ne sais pas si celle-là sera réussie. Mais généralement elles sont parfaites. Nous les recevons d'un cousin qui habite Strasbourg.»

Et chacun mangea avec une lenteur respectueuse la charcuterie enfermée dans le pot de terre jaune.

Quand la glace apparut, ce fut un désastre. C'était une sauce, une soupe, un liquide clair, flottant dans un compotier. La petite bonne avait prié le garçon pâtissier, venu dès sept heures, de la sortir du moule lui-même, dans la crainte de ne pas savoir s'y prendre.

Cachelin, désolé, voulait la faire reporter, puis il se calma à la pensée du gâteau des Rois, qu'il partagea avec mystère comme s'il eût enfermé un secret de premier ordre. Tout le monde fixait ses regards sur cette galette symbolique et on la fit passer, en recommandant à chacun de fermer les yeux pour prendre son morceau.

Qui aurait la fève? Un sourire niais errait sur les lèvres. M. Lesable poussa un petit «Ah!» d'étonnement et montra entre son pouce et son index un gros haricot blanc encore couvert de pâte. Et Cachelin se mit à applaudir, puis il cria: «Choisissez la reine! choisissez la reine!»

Une courte hésitation eut lieu dans l'esprit du roi. Ne ferait-il pas un acte politique en choisissant Mlle Charlotte? Elle serait flattée, gagnée, acquise! Puis il réfléchit qu'en vérité c'était pour Mlle Cora qu'on l'invitait et qu'il aurait l'air d'un sot en prenant la tante. Il se tourna donc vers sa jeune voisine, et lui présentant le pois souverain: «Mademoiselle, voulez-vous me permettre de vous l'offrir?» Et ils se regardèrent en face pour la première fois. Elle dit: «Merci, monsieur!» et reçut le gage de grandeur.

Il pensait: «Elle est vraiment jolie, cette fille. Elle a des yeux superbes. Et c'est une gaillarde, mâtin!»

Une détonation fit sauter les deux femmes. Cachelin venait de déboucher le champagne, qui s'échappait avec impétuosité de la bouteille et coulait sur la nappe. Puis les verres furent remplis de mousse, et le patron déclara: «Il est de bonne qualité, on le voit.» Mais comme Lesable allait boire pour empêcher son verre de déborder, César s'écria: «Le roi boit! le roi boit! le roi boit!»

Et Mlle Charlotte, émoustillée aussi, glapit de sa voix aiguë: «Le roi boit! le roi boit!»

Lesable vida son verre avec assurance, et le reposant sur la table: «Vous voyez que j'ai de l'aplomb!» puis, se tournant vers Mlle Cora: «À vous, mademoiselle!»

Elle voulut boire; mais tout le monde ayant crié: «La reine boit! la reine boit!» elle rougit, se mit à rire et reposa la flûte devant elle.

La fin du dîner fut pleine de gaieté, le roi se montrait empressé et galant pour la reine. Puis, quand on eut pris les liqueurs, Cachelin annonça: «On va desservir pour nous faire de la place. S'il ne pleut pas, nous pouvons passer une minute sur la terrasse.» Il tenait à montrer la vue, bien qu'il fît nuit.

On ouvrit donc la porte vitrée. Un souffle humide entra. Il faisait tiède dehors, comme au mois d'avril; et tous montèrent le pas qui séparait la salle à manger du large balcon. On ne voyait rien qu'une lueur vague planant sur la grande ville, comme ces couronnes de feu qu'on met au front des saints. De place en place cette clarté semblait plus vive, et Cachelin se mit à expliquer: «Tenez, là-bas, c'est l'Éden qui brille comme ça. Voici la ligne des boulevards. Hein! comme on les distingue. Dans le jour, c'est splendide, la vue d'ici. Vous auriez beau voyager, vous ne verriez rien de mieux.»

Lesable s'était accoudé sur la balustrade de fer, à côté de Cora qui regardait dans le vide, muette, distraite, saisie tout à coup par une de ces langueurs mélancoliques qui engourdissent parfois les âmes. Mlle Charlotte rentra dans la salle par crainte de l'humidité. Cachelin continua à parler, le bras tendu, indiquant les directions où se trouvaient les Invalides, le Trocadéro, l'arc de triomphe de l'Étoile.

Lesable, à mi-voix, demanda: «Et vous, mademoiselle Cora, aimez-vous regarder Paris de là-haut?»

Elle eut une petite secousse, comme s'il l'avait réveillée, et répondit: «Moi?... oui, le soir surtout. Je pense à tout ce qui se passe là, devant nous. Combien il y a de gens heureux et de gens malheureux dans toutes ces maisons! Si on pouvait tout voir, combien on apprendrait de choses!»

Il s'était rapproché jusqu'à ce que leurs coudes et leurs épaules se touchassent: «Par les clairs de lune, ça doit être féerique?»

Elle murmura : « Je crois bien. On dirait une gravure de Gustave Doré. Quel plaisir on éprouverait à pouvoir se promener longtemps, sur les toits. »

Alors il la questionna sur ses goûts, sur ses rêves, sur ses plaisirs. Et elle répondait sans embarras, en fille réfléchie, sensée, pas plus songeuse qu'il ne faut. Il la trouvait pleine de bon sens, et il se disait qu'il serait vraiment doux de pouvoir passer son bras autour de cette taille ronde et ferme et d'embrasser longuement à petits baisers lents, comme on boit à petits coups de très bonne eau-de-vie, cette joue fraîche, auprès de l'oreille, qu'éclairait un reflet de lampe. Il se sentait attiré, ému par cette sensation de la femme si proche, par cette soif de la chair mûre et vierge, et par cette séduction délicate de la jeune fille. Il lui semblait qu'il serait demeuré là pendant des heures, des nuits, des semaines, toujours, accoudé près d'elle, à la sentir près de lui, pénétré par le charme de son contact. Et quelque chose comme un sentiment poétique soulevait son cœur en face du grand Paris étendu devant lui, illuminé, vivant sa vie nocturne, sa vie de plaisir et de débauche. Il lui semblait qu'il dominait la ville énorme, qu'il planait sur elle ; et il sentait qu'il serait délicieux de s'accouder chaque soir sur ce balcon auprès d'une femme, et de s'aimer, de se baiser les lèvres, de s'étreindre au-dessus de la vaste cité, au-dessus de toutes les amours qu'elle enfermait, au-dessus de toutes les satisfactions vulgaires, au-dessus de tous les désirs communs, tout près des étoiles.

Il est des soirs où les âmes les moins exaltées se mettent à rêver, comme s'il leur poussait des ailes. Il était peut-être un peu gris.

Cachelin, parti pour chercher sa pipe, revint en l'allumant : « Je sais, dit-il, que vous ne fumez pas, aussi je ne vous offre point de cigarettes. Il n'y a rien de meilleur que d'en griller une ici. Moi, s'il me fallait habiter en bas, je ne vivrais pas. Nous le pourrions, car la maison appartient à ma sœur ainsi que les deux voisines, celle de gauche et celle de droite. Elle a là un joli revenu. Ça ne lui a pas coûté cher dans le temps, ces maisons-là. » Et, se tournant vers la salle, il cria : « Combien donc as-tu payé les terrains d'ici, Charlotte ? »

Alors la voix pointue de la vieille fille se mit à parler. Lesable n'entendait que des lambeaux de phrases. « … En mil huit cent soixante-trois… trente-cinq francs… bâti plus tard… les trois maisons… un banquier… revendu au moins cinq cent mille francs… »

Elle racontait sa fortune avec la complaisance d'un vieux soldat qui dit ses campagnes. Elle énumérait ses achats, les propositions qu'on lui avait faites depuis, les plus-values, etc.

Lesable, tout à fait intéressé, se retourna, appuyant maintenant son dos à la balustrade de la terrasse. Mais comme il ne saisissait encore que des bribes de l'explication, il abandonna brusquement sa jeune voisine et rentra pour tout entendre ; et s'asseyant à côté de Mlle Charlotte, il s'entretint longuement avec elle de l'augmentation probable des loyers et de ce que peut rapporter l'argent bien placé, en valeur ou en biens-fonds.

Il s'en alla vers minuit, en promettant de revenir.

Un mois plus tard, il n'était bruit dans tout le ministère que du mariage de Jacques-Léopold Lesable avec Mlle Céleste-Coralie Cachelin.

3

Le jeune ménage s'installa sur le même palier que Cachelin et que Mlle Charlotte, dans un logement pareil au leur et dont on expulsa le locataire.

Une inquiétude, cependant, agitait l'esprit de Lesable : la tante n'avait voulu assurer son héritage à Cora par aucun acte définitif. Elle avait cependant consenti à jurer « devant Dieu » que son testament était fait et déposé chez Me Belhomme, notaire. Elle avait promis, en outre, que toute sa fortune reviendrait à sa nièce, sous réserve d'une condition. Pressée de révéler cette condition, elle refusa de s'expliquer mais elle avait encore juré avec un petit sourire bienveillant que c'était facile à remplir.

Devant ces explications et cet entêtement de vieille dévote, Lesable crut devoir passer outre, et comme la jeune fille lui plaisait beaucoup, son désir triomphant de ses incertitudes, il s'était rendu aux efforts obstinés de Cachelin.

Maintenant il était heureux, bien que harcelé toujours par un doute. Et il aimait sa femme qui n'avait en rien trompé ses attentes. Sa vie s'écoulait, tranquille et monotone. Il s'était fait d'ailleurs en quelques semaines à sa nouvelle situation d'homme marié, et il continuait à se montrer l'employé accompli de jadis.

L'année s'écoula. Le jour de l'an revint. Il n'eut pas, à sa grande surprise, l'avancement sur lequel il comptait. Maze et Pitolet passèrent seuls au grade au-dessus; et Boissel déclara confidentiellement à Cachelin qu'il se promettait de flanquer une roulée à ses deux confrères, un soir, en sortant, en face de la grande porte, devant tout le monde. Il n'en fit rien.

Pendant huit jours, Lesable ne dormit point d'angoisse de ne pas avoir été promu, malgré son zèle. Il faisait pourtant une besogne de chien; il remplaçait indéfiniment le sous-chef, M. Rabot, malade neuf mois par an à l'hôpital du Val-de-Grâce; il arrivait tous les matins à huit heures et demie; il partait tous les soirs à six heures et demie. Que voulait-on de plus? Si on ne lui savait pas gré d'un pareil travail et d'un semblable effort, il ferait comme les autres, voilà tout. À chacun suivant sa peine. Comment donc M. Torchebeuf, qui le traitait ainsi qu'un fils, avait-il pu le sacrifier? Il voulait en avoir le cœur net. Il irait trouver le chef et s'expliquerait avec lui.

Donc, un lundi matin, avant la venue de ses confrères, il frappa à la porte de ce potentat.

Une voix aigre cria: «Entrez!» Il entra.

Assis devant une grande table couverte de paperasses, tout petit avec une grosse tête qui semblait posée sur son buvard, M. Torchebeuf écrivait. Il dit, en apercevant son employé préféré: «Bonjour, Lesable; vous allez bien?»

Le jeune homme répondit: «Bonjour, cher maître, fort bien, et vous-même?»

Le chef cessa d'écrire et fit pivoter son fauteuil. Son corps mince, frêle, maigre, serré dans une redingote noire de forme sérieuse, semblait tout à fait disproportionné avec le grand siège à dossier de cuir. Une rosette d'officier de la Légion d'honneur, énorme, éclatante, mille fois trop large aussi pour la personne qui la portait, brillait comme un charbon rouge sur la poitrine étroite, écrasée sous un crâne considérable, comme si l'individu tout entier se fût développé en dôme, à la façon des champignons.

La mâchoire était pointue, les joues creuses, les yeux saillants, et le front démesuré, couvert de cheveux blancs rejetés en arrière.

M. Torchebeuf prononça: «Asseyez-vous, mon ami, et dites-moi ce qui vous amène.»

Pour tous les autres employés, il se montrait d'une rudesse militaire, se considérant comme un capitaine à son bord, car le ministère représentait pour lui un grand navire, le vaisseau amiral de toutes les flottes françaises.

Lesable, un peu ému, un peu pâle, balbutia: «Cher maître, je viens vous demander si j'ai démérité en quelque chose?

— Mais non, mon cher, pourquoi me posez-vous cette question-là?

— C'est que j'ai été un peu surpris de ne pas recevoir d'avancement cette année comme les années dernières. Permettez-moi de m'expliquer jusqu'au bout, cher maître, en vous demandant pardon de mon audace. Je sais que j'ai obtenu de vous des faveurs exceptionnelles et des avantages inespérés. Je sais que l'avancement ne se donne, en général, que tous les deux ou trois ans; mais permettez-moi encore de vous faire remarquer que je fournis au bureau à peu près quatre fois la somme de travail d'un employé ordinaire et deux fois au moins la somme de temps. Si donc on mettait en balance le résultat de mes efforts comme labeur et le résultat comme rémunération, on trouverait certes celui-ci bien au-dessous de celui-là!»

Il avait préparé avec soin sa phrase qu'il jugeait excellente.

M. Torchebeuf, surpris, cherchait sa réplique. Enfin, il prononça d'un ton un peu froid: «Bien qu'il ne soit pas admissible, en principe, qu'on discute ces choses entre chef et employé, je veux bien pour cette fois vous répondre, eu égard à vos services très méritants.

«Je vous ai proposé pour l'avancement comme les années précédentes. Mais le directeur a écarté votre nom en se basant sur ce que votre mariage vous assure un bel avenir, plus qu'une aisance, une fortune que n'atteindront jamais vos modestes collègues. N'est-il pas équitable, en somme, de faire un peu la part de la condition de chacun? Vous deviendrez riche, très riche. Trois cents francs de plus par an ne seront rien pour vous, tandis que cette petite augmentation comptera beaucoup dans la poche des autres. Voilà, mon ami, la raison qui vous a fait rester en arrière cette année.»

Lesable, confus et irrité, se retira.

Le soir, au dîner, il fut désagréable pour sa femme. Elle se montrait ordinairement gaie et d'humeur assez égale, mais volontaire; et elle ne cédait jamais quand elle voulait bien une chose. Elle n'avait plus pour lui le charme sensuel des premiers temps, et bien qu'il eût toujours un désir éveillé, car elle était fraîche et jolie, il éprouvait par moments cette désillusion si proche de l'écœurement que donne bientôt la vie en commun de deux êtres. Les mille détails triviaux ou grotesques de l'existence, les toilettes négligées du matin, la robe de chambre en laine commune, vieille, usée, le peignoir fané, car on n'était pas riche, et aussi toutes les besognes nécessaires vues de trop près dans un ménage pauvre, lui dévernissaient le mariage, fanaient cette fleur de poésie qui séduit, de loin, les fiancés.

Tante Charlotte lui rendait aussi son intérieur désagréable, car elle n'en sortait plus ; elle se mêlait de tout, voulait gouverner tout, faisait des observations sur tout, et comme on avait une peur horrible de la blesser, on supportait tout avec résignation, mais aussi avec une exaspération grandissante et cachée.

Elle allait à travers l'appartement de son pas traînant de vieille ; et sa voix grêle disait sans cesse : « Vous devriez bien faire ceci ; vous devriez bien faire cela. »

Quand les deux époux se trouvaient en tête à tête, Lesable énervé s'écriait : « Ta tante devient intolérable. Moi, je n'en veux plus. Entends-tu ? je n'en veux plus. » Et Cora répondait avec tranquillité : « Que veux-tu que j'y fasse, moi ? »

Alors il s'emportait : « C'est odieux d'avoir une famille pareille ! »

Et elle répliquait, toujours calme : « Oui, la famille est odieuse, mais l'héritage est bon, n'est-ce pas ? Ne fais donc pas l'imbécile. Tu as autant d'intérêt que moi à ménager tante Charlotte. »

Et il se taisait, ne sachant que répondre.

La tante maintenant les harcelait sans cesse avec l'idée fixe d'un enfant. Elle poussait Lesable dans les coins et lui soufflait dans la figure : « Mon neveu, j'entends que vous soyez père avant ma mort. Je veux voir mon héritier. Vous ne me ferez pas accroire que Cora ne soit point faite pour être mère. Il suffit de la regarder. Quand on se marie, mon neveu, c'est pour avoir de la famille, pour faire souche. Notre Sainte Mère l'Église défend les mariages stériles. Je sais bien que vous n'êtes pas riches et qu'un enfant cause de la dépense. Mais après moi vous ne manquerez de rien. Je veux un petit Lesable, je le veux, entendez-vous ! »

Comme, après quinze mois de mariage, son désir ne s'était point encore réalisé, elle conçut des doutes et devint pressante ; et elle donnait tout bas des conseils à Cora, des conseils pratiques, en femme qui a connu bien des choses, autrefois, et qui sait encore s'en souvenir à l'occasion.

Mais un matin elle ne put se lever, se sentant indisposée. Comme elle n'avait jamais été malade, Cachelin, très ému, vint frapper à la porte de son gendre : « Courez vite chez le Dr Barbette, et vous direz au chef, n'est-ce pas, que je n'irai point au bureau aujourd'hui, vu la circonstance. »

Lesable passa une journée d'angoisses, incapable de travailler, de rédiger et d'étudier les affaires. M. Torchebeuf, surpris, lui demanda : « Vous êtes distrait, aujourd'hui, monsieur Lesable ? » Et Lesable, nerveux, répondit : « Je suis fatigué, cher maître, j'ai passé toute la nuit auprès de notre tante dont l'état est fort grave. »

Mais le chef reprit froidement : « Du moment que M. Cachelin est resté près d'elle, cela devrait suffire. Je ne peux pas laisser mon bureau se désorganiser pour des raisons personnelles à mes employés. »

Lesable avait placé sa montre devant lui sur sa table et il attendait cinq heures avec une impatience fébrile. Dès que la grosse horloge de la grande cour sonna, il s'enfuit, quittant, pour la première fois, le bureau à la minute réglementaire.

Il prit même un fiacre pour rentrer, tant son inquiétude était vive ; et il monta l'escalier en courant.

La bonne vint ouvrir ; il balbutia : « Comment va-t-elle ?

— Le médecin dit qu'elle est bien bas. »

Il eut un battement de cœur et demeura tout ému : « Ah ! vraiment. »

Est-ce que, par hasard, elle allait mourir ?

Il n'osait pas entrer maintenant dans la chambre de la malade, et il fit appeler Cachelin qui la gardait.

Son beau-père apparut aussitôt, ouvrant la porte avec précaution. Il avait sa robe de chambre et son bonnet grec comme lorsqu'il passait de bonnes soirées au coin du feu ; et il murmura à voix basse : « Ça va mal, très mal. Depuis quatre heures elle est sans connaissance. On l'a même administrée dans l'après-midi. »

Alors Lesable sentit une faiblesse lui descendre dans les jambes, et il s'assit :

« Où est ma femme ?

— Elle est auprès d'elle.

— Qu'est-ce que dit au juste le docteur ?

— Il dit que c'est une attaque. Elle en peut revenir, mais elle peut aussi mourir cette nuit.

— Avez-vous besoin de moi ? Si vous n'en avez pas besoin, j'aime mieux ne pas entrer. Cela me serait pénible de la revoir dans cet état.

— Non. Allez chez vous. S'il y a quelque chose de nouveau, je vous ferai appeler tout de suite. »

Et Lesable retourna chez lui. L'appartement lui parut changé, plus grand, plus clair. Mais comme il ne pouvait tenir en place, il passa sur le balcon.

On était alors aux derniers jours de juillet, et le grand soleil, au moment de disparaître derrière les deux tours du Trocadéro, versait une pluie de flammes sur l'immense peuple des toits.

L'espace, d'un rouge éclatant à son pied, prenait plus haut des teintes d'or pâle, puis des teintes jaunes, puis des teintes vertes, d'un vert léger frotté de lumière, puis il devenait bleu, d'un bleu pur et frais sur les têtes.

Les hirondelles passaient comme des flèches, à peine visibles, dessinant sur le fond vermeil du ciel le profil crochu et fuyant de leurs ailes. Et sur la foule infinie des maisons, sur la campagne lointaine, planait une nuée rose, une vapeur de feu dans laquelle montaient, comme dans une apothéose, les flèches des clochers, tous les sommets sveltes des monuments. L'arc de triomphe de l'Étoile apparaissait énorme et noir dans l'incendie de l'horizon, et le dôme des Invalides semblait un autre soleil tombé du firmament sur le dos d'un édifice.

Lesable tenait à deux mains la rampe de fer, buvait l'air comme on boit du vin, avec une envie de sauter, de crier, de faire des gestes violents, tant il se sentait envahi par une joie profonde et triomphante. La vie lui apparaissait radieuse, l'avenir plein de bonheur! Qu'allait-il faire? Et il rêva.

Un bruit, derrière lui, le fit tressaillir. C'était sa femme. Elle avait les yeux rouges, les joues un peu enflées, l'air fatigué. Elle tendit son front pour qu'il l'embrassât, puis elle dit: «On va dîner chez papa pour rester près d'elle. La bonne ne la quittera pas pendant que nous mangerons.»

Et il la suivit dans l'appartement voisin.

Cachelin était déjà à table, attendant sa fille et son gendre. Un poulet froid, une salade de pommes de terre et un compotier de fraises étaient posés sur le dressoir, et la soupe fumait dans les assiettes.

On s'assit. Cachelin déclara: «Voilà des journées comme je n'en voudrais pas souvent. Ça n'est pas gai.» Il disait cela avec un ton d'indifférence dans l'accent et une sorte de satisfaction sur le visage. Et il se mit à dévorer en homme de grand appétit, trouvant le poulet excellent et la salade de pommes de terre tout à fait rafraîchissante.

Mais Lesable se sentait l'estomac serré et l'âme inquiète, et il mangeait à peine, l'oreille tendue vers la chambre voisine, qui demeurait silencieuse comme si personne ne s'y fût trouvé. Cora n'avait pas faim non plus, émue, larmoyante, s'essuyant un œil de temps en temps avec un coin de sa serviette.

Cachelin demanda: «Qu'a dit le chef?»

Et Lesable donna des détails, que son beau-père voulait minutieux, qu'il lui faisait répéter, insistant pour tout savoir comme s'il eût été absent du ministère pendant un an.

«Ça a dû faire une émotion quand on a su qu'elle était malade?» Et il songeait à sa rentrée glorieuse quand elle serait morte, aux têtes de ses collègues; il prononça pourtant, comme pour répondre à un remords secret: «Ce n'est pas que je lui désire du mal à la chère femme! Dieu sait que je voudrais la conserver longtemps, mais ça fera de l'effet tout de même. Le père Savon en oubliera la Commune.»

On commençait à manger les fraises quand la porte de la malade s'entrouvrit. La commotion fut telle chez les dîneurs qu'ils se trouvèrent, d'un seul coup, debout tous les trois, effarés. Et la petite bonne parut, gardant toujours son air calme et stupide. Elle prononça tranquillement: «Elle ne souffre plus.»

Et Cachelin, jetant sa serviette sur les plats, se précipita comme un fou; Cora le suivit, le cœur battant; mais Lesable demeura debout près de la porte, épiant de loin la tache pâle du lit à peine éclairé par la fin du jour. Il voyait le dos de son beau-père penché vers la couche, ne remuant pas, examinant; et tout d'un coup il entendit sa voix qui lui parut venir de loin, de très loin, du bout du monde, une de ces voix qui passent dans les rêves et qui vous disent des choses surprenantes. Elle prononçait: «C'est fait! on n'entend plus rien.» Il vit sa femme tomber à genoux, le front sur le drap et sanglotant. Alors il se décida à entrer, et, comme Cachelin s'était relevé, il aperçut, sur la blancheur de l'oreiller, la figure de tante Charlotte, les yeux fermés, si creuse, si rigide, si blême, qu'elle avait l'air d'une bonne femme en cire.

Il demanda avec angoisse: «Est-ce fini?»

Cachelin, qui contemplait aussi sa sœur, se tourna vers lui et ils se regardèrent. Il répondit «Oui», voulant forcer son visage à une expression désolée, mais les deux hommes s'étaient pénétrés d'un coup d'œil, et sans savoir pourquoi, instinctivement, ils se donnèrent une poignée de main, comme pour se remercier l'un l'autre de ce qu'ils avaient fait l'un pour l'autre.

Alors, sans perdre de temps, ils s'occupèrent avec activité de toutes les besognes que réclame un mort.

Lesable se chargea d'aller chercher le médecin et de faire, le plus vite possible, les courses les plus pressées.

Il prit son chapeau et descendit l'escalier en courant, ayant hâte d'être dans la rue, d'être seul, de respirer, de penser, de jouir solitairement de son bonheur.

Lorsqu'il eut terminé ses commissions, au lieu de rentrer il gagna le boulevard, poussé par le désir de voir du monde, de se mêler au mouvement, à la vie heureuse du soir. Il avait envie de crier aux passants: «J'ai cinquante mille livres de rente», et il allait, les mains dans ses poches, s'arrêtant devant les étalages, examinant les riches étoffes, les bijoux, les meubles de luxe, avec cette pensée joyeuse: «Je pourrai me payer cela maintenant.»

Tout à coup il passa devant un magasin de deuil et une idée brusque l'effleura: «Si elle n'était point morte? S'ils s'étaient trompés?»

Et il revint vers sa demeure, d'un pas plus pressé, avec ce doute flottant dans l'esprit.

En rentrant il demanda: «Le docteur est-il venu?»

Cachelin répondit: «Oui. Il a constaté le décès, et il s'est chargé de la déclaration.»

Ils rentrèrent dans la chambre de la morte. Cora pleurait toujours, assise dans un fauteuil. Elle pleurait très doucement, sans peine, presque sans chagrin maintenant, avec cette facilité de larmes qu'ont les femmes.

Dès qu'ils se trouvèrent tous trois dans l'appartement, Cachelin prononça à voix basse: «À présent que la bonne est partie se coucher, nous pouvons regarder s'il n'y a rien de caché dans les meubles.»

Et les deux hommes se mirent à l'œuvre. Ils vidaient les tiroirs, fouillaient dans les poches, dépliaient les moindres papiers. À minuit, ils n'avaient rien trouvé d'intéressant. Cora s'était assoupie, et elle ronflait un peu, d'une façon régulière. César demanda: «Est-ce que nous allons rester ici jusqu'au jour?» Lesable, perplexe, jugeait cela plus convenable. Alors le beau-père en prit son parti: «En ce cas, dit-il, apportons des fauteuils»; et ils allèrent chercher les deux autres sièges capitonnés qui meublaient la chambre des jeunes époux.

Une heure plus tard, les trois parents dormaient avec des ronflements inégaux, devant le cadavre glacé dans son éternelle immobilité.

Ils se réveillèrent au jour, comme la petite bonne entrait dans la chambre. Cachelin aussitôt avoua, en se frottant les paupières : « Je me suis un peu assoupi depuis une demi-heure à peu près. »

Mais Lesable, qui avait aussitôt repris possession de lui, déclara : « Je m'en suis bien aperçu. Moi, je n'ai pas perdu connaissance une seconde ; j'avais seulement fermé les yeux pour les reposer. »

Cora regagna son appartement.

Alors Lesable demanda avec une apparente indifférence : « Quand voulez-vous que nous allions chez le notaire prendre connaissance du testament ?

— Mais... ce matin, si vous voulez.

— Est-il nécessaire que Cora nous accompagne ?

— Ça vaut peut-être mieux, puisqu'elle est l'héritière, en somme.

— En ce cas, je vais la prévenir de s'apprêter. »

Et Lesable sortit de son pas vif.

L'étude de Me Belhomme venait d'ouvrir ses portes quand Cachelin, Lesable et sa femme se présentèrent, en grand deuil, avec des visages désolés.

Le notaire les reçut aussitôt, les fit asseoir. Cachelin prit la parole : « Monsieur, vous me connaissez : je suis le frère de Mlle Charlotte Cachelin. Voici ma fille et mon gendre. Ma pauvre sœur est morte hier ; nous l'enterrerons demain. Comme vous êtes dépositaire de son testament, nous venons vous demander si elle n'a pas formulé quelque volonté relative à son inhumation ou si vous n'avez pas quelque communication à nous faire. »

Le notaire ouvrit un tiroir, prit une enveloppe, la déchira, tira un papier, et prononça : « Voici, monsieur, un double de ce testament dont je puis vous donner connaissance immédiatement.

« L'autre expédition, exactement pareille à celle-ci, doit rester entre mes mains. » Et il lut :

« "Je soussignée, Victorine-Charlotte Cachelin, exprime ici mes dernières volontés :

« "Je laisse toute ma fortune, s'élevant à un million cent vingt mille francs environ, aux enfants qui naîtront du mariage de ma nièce Céleste-Coralie Cachelin, avec jouissance des revenus aux parents jusqu'à la majorité de l'aîné des descendants.

«“Les dispositions qui suivent règlent la part afférente à chaque enfant et la part demeurant aux parents jusqu’à la fin de leurs jours.

«“Dans le cas où ma mort arriverait avant que ma nièce eût un héritier, toute ma fortune restera entre les mains de mon notaire, pendant trois ans, pour ma volonté exprimée plus haut être accomplie si un enfant naît durant cette période.

«“Mais dans le cas où Coralie n’obtiendrait point du Ciel un descendant pendant les trois années qui suivront ma mort, ma fortune sera distribuée, par les soins de mon notaire, aux pauvres et aux établissements de bienfaisance dont la liste suit.”»

Suivait une série interminable de noms de communautés, de chiffres, d’ordres et de recommandations.

Puis Me Belhomme remit poliment le papier entre les mains de Cachelin, ahuri de saisissement.

Il crut même devoir ajouter quelques explications: «Mlle Cachelin, dit-il, lorsqu’elle me fit l’honneur de me parler pour la première fois de son projet de tester dans ce sens, m’exprima le désir extrême qu’elle avait de voir un héritier de sa race. Elle répondit à tous mes raisonnements par l’expression de plus en plus formelle de sa volonté, qui se basait d’ailleurs sur un sentiment religieux, toute union stérile, pensait-elle, étant un signe de malédiction céleste. Je n’ai pu modifier en rien ses intentions. Croyez que je le regrette bien vivement.» Puis il ajouta, en souriant vers Coralie: «Je ne doute pas que le *desideratum* de la défunte ne soit bien vite réalisé.»

Et les trois parents s’en allèrent, trop effarés pour penser à rien.

Ils regagnaient leur domicile, côte à côte, sans parler, honteux et furieux, comme s’ils s’étaient mutuellement volés. Toute la douleur même de Cora s’était soudain dissipée, l’ingratitude de sa tante la dispensait de la pleurer. Lesable, enfin, dont les lèvres pâles étaient serrées par une contraction de dépit, dit à son beau-père: «Passez-moi donc cet acte, que j’en prenne connaissance *de visu.*» Cachelin lui tendit le papier, et le jeune homme se mit à lire. Il s’était arrêté sur le trottoir et, tamponné par les passants, il resta là, fouillant les mots de son œil perçant et pratique. Les deux autres l’attendaient, deux pas en avant, toujours muets.

Puis il rendit le testament en déclarant: «Il n’y a rien à faire. Elle nous a joliment floués!»

Cachelin, que la déroute de son espérance irritait, répondit: «C'était à vous d'avoir un enfant, sacrebleu! Vous saviez bien qu'elle le désirait depuis longtemps.»

Lesable haussa les épaules sans répliquer.

En rentrant, ils trouvèrent une foule de gens qui les attendaient, ces gens dont le métier s'exerce autour des morts. Lesable rentra chez lui, ne voulant plus s'occuper de rien, et César rudoya tout le monde, criant qu'on le laissât tranquille, demandant à en finir au plus vite avec tout ça, et trouvant qu'on tardait bien à le débarrasser de ce cadavre.

Cora, enfermée dans sa chambre, ne faisait aucun bruit. Mais Cachelin, au bout d'une heure, alla frapper à la porte de son gendre: «Je viens, dit-il, mon cher Léopold, vous soumettre quelques réflexions, car, enfin, il faut s'entendre. Mon avis est de faire tout de même des funérailles convenables, afin de ne pas donner l'éveil au ministère. Nous nous arrangerons pour les frais. D'ailleurs, rien n'est perdu. Vous n'êtes pas mariés depuis longtemps, et il faudrait bien du malheur pour que vous n'eussiez pas d'enfants. Vous vous y mettrez, voilà tout. Allons au plus pressé. Vous chargez-vous de passer tantôt au ministère? Je vais écrire les adresses des lettres de faire part.»

Lesable convint avec aigreur que son beau-père avait raison, et ils s'installèrent face à face aux deux bouts d'une table longue, pour tracer les suscriptions des billets encadrés de noir.

Puis ils déjeunèrent. Cora reparut, indifférente, comme si rien de tout cela ne l'eût concernée, et elle mangea beaucoup, ayant jeûné la veille.

Aussitôt le repas fini, elle retourna dans sa chambre. Lesable sortit pour aller à la Marine, et Cachelin s'installa sur son balcon afin de fumer une pipe, à cheval sur une chaise. Le lourd soleil d'un jour d'été tombait d'aplomb sur la multitude des toits, dont quelques-uns garnis de vitres brillaient comme du feu, jetaient des rayons éblouissants que la vue ne pouvait soutenir.

Et Cachelin, en manches de chemise, regardait, de ses yeux clignotants sous ce ruissellement de lumière, les coteaux verts, là-bas, là-bas, derrière la grande ville, derrière la banlieue poudreuse. Il songeait que la Seine coulait, large, calme et fraîche, au pied de ces collines qui ont des arbres sur leurs pentes, et qu'on serait rudement mieux sous la verdure, le ventre sur l'herbe, tout au bord de la rivière, à cracher dans l'eau, que sur le plomb brûlant de sa terrasse. Et un malaise l'oppressait, la pensée harcelante, la sensation douloureuse de leur désastre, de cette infortune inattendue, d'autant plus amère et brutale que l'espérance avait été plus vive et plus longue ; et il prononça tout haut, comme on fait dans les grands troubles d'esprit, dans les obsessions d'idées fixes : « Sale rosse ! »

Derrière lui, dans la chambre, il entendait les mouvements des employés des pompes funèbres, et le bruit continu du marteau qui clouait le cercueil. Il n'avait point revu sa sœur depuis sa visite au notaire.

Mais peu à peu, la tiédeur, la gaieté, le charme clair de ce grand jour d'été lui pénétrèrent la chair et l'âme, et il songea que tout n'était pas désespéré. Pourquoi donc sa fille n'aurait-elle pas d'enfant ? Elle n'était pas mariée depuis deux ans encore ! Son gendre paraissait vigoureux, bien bâti et bien portant, quoique petit. Ils auraient un enfant, nom d'un nom ! Et puis, d'ailleurs, il le fallait !

Lesable était entré au ministère furtivement et s'était glissé dans son bureau. Il trouva sur sa table un papier portant ces mots : « Le chef vous demande. » Il eut d'abord un geste d'impatience, une révolte contre ce despotisme qui allait lui retomber sur le dos, puis un désir brusque et violent de parvenir l'aiguillonna. Il serait chef à son tour, et vite ; il irait plus haut encore.

Sans ôter sa redingote de ville, il se rendit chez M. Torchebeuf. Il se présenta avec une de ces figures navrées qu'on prend dans les occasions tristes, et même quelque chose de plus, une marque de chagrin réel et profond, cet involontaire abattement qu'impriment aux traits les contrariétés violentes.

La grosse tête du chef, toujours penchée sur le papier, se redressa, et il demanda d'un ton brusque : « J'ai eu besoin de vous toute la matinée. Pourquoi n'êtes-vous pas venu ? » Lesable répondit : « Cher maître, nous avons eu le malheur de perdre ma tante, Mlle Cachelin, et je venais même vous demander d'assister à l'inhumation, qui aura lieu demain. »

Le visage de M. Torchebeuf s'était immédiatement rasséréné. Et il répondit avec une nuance de considération : « En ce cas, mon cher ami, c'est autre chose. Je vous remercie, et je vous laisse libre, car vous devez avoir beaucoup à faire. »

Mais Lesable tenait à se montrer zélé : « Merci, cher maître, tout est fini et je compte rester ici jusqu'à l'heure réglementaire. »

Et il retourna dans son cabinet.

La nouvelle s'était répandue, et on venait de tous les bureaux pour lui faire des compliments plutôt de congratulation que de doléance, et aussi pour voir quelle tenue il avait. Il supportait les phrases et les regards avec un masque résigné d'acteur et un tact dont on s'étonnait. « Il s'observe fort bien », disaient les uns. Et les autres ajoutaient : « C'est égal, au fond, il doit être rudement content. »

Maze, plus audacieux que tous, lui demanda, avec son air dégagé d'homme du monde : « Savez-vous au juste le chiffre de la fortune ? »

Lesable répondit avec un ton de parfait désintéressement : « Non, pas au juste. Le testament dit douze cent mille francs environ. Je sais cela parce que le notaire a dû nous communiquer immédiatement certaines clauses relatives aux funérailles. »

De l'avis général, Lesable ne resterait pas au ministère. Avec soixante mille livres de rentes, on ne demeure pas gratte-papier. On est quelqu'un ; on peut devenir quelque chose à son gré. Les uns pensaient qu'il visait le Conseil d'État ; d'autres croyaient qu'il songeait à la députation. Le chef s'attendait à recevoir sa démission pour la transmettre au directeur.

Tout le ministère vint aux funérailles, qu'on trouva maigres. Mais un bruit courait : « C'est Mlle Cachelin elle-même qui les a voulues ainsi. C'était dans son testament. »

Dès le lendemain, Cachelin reprit son service, et Lesable, après une semaine d'indisposition, revint à son tour, un peu pâli, mais assidu et zélé comme autrefois. On eût dit que rien n'était survenu dans leur existence. On remarqua seulement qu'ils fumaient avec ostentation de gros cigares, qu'ils parlaient de la rente, des chemins de fer, des grandes valeurs, en hommes qui ont des titres en poche, et on sut, au bout de quelque temps, qu'ils avaient loué une campagne dans les environs de Paris pour y finir l'été.

On pensa : « Ils sont avares comme la vieille ; ça tient de famille ; qui se ressemble s'assemble ; n'importe, ça n'est pas chic de rester au ministère avec une fortune pareille. »

Au bout de quelque temps, on n'y pensa plus. Ils étaient classés et jugés.

4

En suivant l'enterrement de la tante Charlotte, Lesable songeait au million, et, rongé par une rage d'autant plus violente qu'elle devait rester secrète, il en voulait à tout le monde de sa déplorable mésaventure.

Il se demandait aussi: «Pourquoi n'ai-je pas eu d'enfant depuis deux ans que je suis marié?» Et la crainte de voir son ménage demeurer stérile lui faisait battre le cœur.

Alors, comme le gamin qui regarde, au sommet du mât de cocagne haut et luisant, la timbale à décrocher, et qui se jure à lui-même d'arriver là, à force d'énergie et de volonté, d'avoir la vigueur et la ténacité qu'il faudrait, Lesable prit la résolution désespérée d'être père. Tant d'autres le sont, pourquoi ne le serait-il pas, lui aussi? Peut-être avait-il été négligent, insoucieux, ignorant de quelque chose, par suite d'une indifférence complète. N'ayant jamais éprouvé le désir violent de laisser un héritier, il n'avait jamais mis tous ses soins à obtenir ce résultat. Il y apporterait désormais des efforts acharnés; il ne négligerait rien, et il réussirait puisqu'il le voulait ainsi.

Mais lorsqu'il fut rentré chez lui, il se sentit mal à son aise, et il dut prendre le lit. La déception avait été trop rude, il en subissait le contrecoup.

Le médecin jugea son état assez sérieux pour prescrire un repos absolu, qui nécessiterait même ensuite des ménagements assez longs. On craignait une fièvre cérébrale.

En huit jours cependant il fut debout, et il reprit son service au ministère.

Mais il n'osait point, se jugeant encore souffrant, approcher de la couche conjugale. Il hésitait et tremblait, comme un général qui va livrer bataille, une bataille dont dépendait son avenir. Et chaque soir il attendait au lendemain, espérant une de ces heures de santé, de bien-être et d'énergie où on se sent capable de tout. Il se tâtait le pouls à chaque instant, et, le trouvant trop faible ou agité, prenait des toniques, mangeait de la viande crue, faisait, avant de rentrer chez lui, de longues courses fortifiantes.

Comme il ne se rétablissait pas à son gré, il eut l'idée d'aller finir la saison chaude aux environs de Paris. Et bientôt la persuasion lui vint que le grand air des champs aurait sur son tempérament une influence souveraine. Dans sa situation, la campagne produit des effets merveilleux, décisifs. Il se rassura par cette certitude du succès prochain, et il répétait à son beau-père, avec des sous-entendus dans la voix: «Quand nous serons à la campagne, je me porterai mieux, et tout ira bien.»

Ce seul mot de «campagne» lui paraissait comporter une signification mystérieuse.

Ils louèrent donc dans le village de Bezons une petite maison et vinrent tous trois y loger. Les deux hommes partaient à pied, chaque matin, à travers la plaine, pour la gare de Colombes, et revenaient à pied tous les soirs.

Cora, enchantée de vivre ainsi au bord de la douce rivière, allait s'asseoir sur les berges, cueillait des fleurs, rapportait de gros bouquets d'herbes fines, blondes et tremblotantes.

Chaque soir, ils se promenaient tous trois le long de la rive jusqu'au barrage de la Morue, et ils entraient boire une bouteille de bière au restaurant des Tilleuls. Le fleuve, arrêté par la longue file de piquets, s'élançait entre les joints, sautait, bouillonnait, écumait, sur une largeur de cent mètres ; et le ronflement de la chute faisait frémir le sol, tandis qu'une fine buée, une vapeur humide flottait dans l'air, s'élevait de la cascade comme une fumée légère, jetant aux environs une odeur d'eau battue et une saveur de vase remuée.

La nuit tombait. Là-bas, en face, une grande lueur indiquait Paris, et faisait répéter chaque soir à Cachelin : « Hein ! quelle ville tout de même ! » De temps en temps, un train passant sur le pont de fer qui coupe le bout de l'île faisait un roulement de tonnerre et disparaissait bientôt, soit vers la gauche, soit vers la droite, vers Paris ou vers la mer.

Ils revenaient à pas lents, regardant se lever la lune, s'asseyant sur un fossé pour voir plus longtemps tomber dans le fleuve tranquille sa molle et jaune lumière qui semblait couler avec l'eau et que les rides du courant remuaient comme une moire de feu. Les crapauds poussaient leur cri métallique et court. Des appels d'oiseaux de nuit couraient dans l'air. Et parfois une grande ombre muette glissait sur la rivière, troublant son cours lumineux et calme. C'était une barque de maraudeurs qui jetaient soudain l'épervier et ramenaient sans bruit sur leur bateau, dans le vaste et sombre filet, leur pêche de goujons luisants et frémissants, comme un trésor tiré du rond de l'eau, un trésor vivant de poissons d'argent.

Cora, émue, s'appuyait tendrement au bras de son mari dont elle avait deviné les desseins bien qu'ils n'eussent parlé de rien. C'était pour eux comme un nouveau temps de fiançailles, une seconde attente du baiser d'amour. Parfois il lui jetait une caresse furtive au bord de l'oreille sur la naissance de la nuque, en ce coin charmant de chair tendre où frisent les premiers cheveux. Elle répondait par une pression de main ; et ils se désiraient, se refusant encore l'un à l'autre, sollicités et retenus par une volonté plus énergique, par le fantôme du million.

Cachelin, apaisé par l'espoir qu'il sentait autour de lui, vivait heureux, buvait sec et mangeait beaucoup, sentant naître en lui, au crépuscule, des crises de poésie, cet attendrissement niais qui vient aux plus lourds devant certaines visions des champs : une pluie de lumière dans les branches, un coucher de soleil sur les coteaux lointains, avec des reflets de pourpre sur le fleuve. Et il déclarait : « Moi, devant ces choses-là, je crois à Dieu. Ça me pince là — il montrait le creux de son estomac —, je me sens tout retourné. Je deviens tout drôle. Il me semble qu'on m'a trempé dans un bain qui me donne envie de pleurer. »

Lesable, cependant, allait mieux, saisi soudain par des ardeurs qu'il ne connaissait plus, des besoins de courir comme un jeune cheval, de se rouler sur l'herbe, de pousser des cris de joie.

Il jugea les temps venus. Ce fut une vraie nuit d'épousailles.

Puis ils eurent une lune de miel, pleine de caresses et d'espérances.

Puis ils s'aperçurent que leurs tentatives demeuraient infructueuses et que leur confiance était vaine.

Ce fut un désespoir, un désastre. Mais Lesable ne perdit pas courage, il s'obstina avec des efforts surhumains. Sa femme, agitée du même désir, et tremblant de la même crainte, plus robuste aussi que lui, se prêtait de bonne grâce à ses tentatives, appelait ses baisers, réveillait sans cesse son ardeur défaillante.

Ils revinrent à Paris dans les premiers jours d'octobre.

La vie devenait dure pour eux. Ils avaient maintenant aux lèvres des paroles désobligeantes ; et Cachelin, qui flairait la situation, les harcelait d'épigrammes de vieux troupier, envenimées et grossières.

Et une pensée incessante les poursuivait, les minait, aiguillonnait leur rancune mutuelle, celle de l'héritage insaisissable. Cora maintenant avait le verbe haut, et rudoyait son mari. Elle le traitait en petit garçon, en moutard, en homme de peu d'importance. Et Cachelin, à chaque dîner, répétait : « Moi, si j'avais été riche, j'aurais eu beaucoup d'enfants… Quand on est pauvre, il faut savoir être raisonnable. » Et, se tournant vers sa fille, il ajoutait : « Toi, tu dois être comme moi, mais voilà… » Et il jetait à son gendre un regard significatif accompagné d'un mouvement d'épaules plein de mépris.

Lesable ne répliquait rien, en homme supérieur tombé dans une famille de rustres. Au ministère on lui trouvait mauvaise mine. Le chef même, un jour, lui demanda: «N'êtes-vous pas malade? Vous me paraissez un peu changé.»

Il répondit: «Mais non, cher maître. Je suis peut-être fatigué. J'ai beaucoup travaillé depuis quelque temps, comme vous l'avez pu voir.»

Il comptait bien sur son avancement, à la fin de l'année, et il avait repris, dans cet espoir, sa vie laborieuse d'employé modèle.

Il n'eut qu'une gratification de rien du tout, plus faible que toutes les autres. Son beau-père Cachelin n'eut rien.

Lesable, frappé au cœur, retourna trouver le chef et, pour la première fois, il l'appela: monsieur. «À quoi me sert donc, monsieur, de travailler comme je le fais si je n'en recueille aucun fruit?»

La grosse tête de M. Torchebeuf parut froissée: «Je vous ai déjà dit, monsieur Lesable, que je n'admettais point de discussion de cette nature entre nous. Je vous répète encore que je trouve inconvenante votre réclamation, étant donné votre fortune actuelle comparée à la pauvreté de vos collègues...»

Lesable ne put se contenir: «Mais je n'ai rien, monsieur! Notre tante a laissé sa fortune au premier enfant qui naîtrait de mon mariage. Nous vivons, mon beau-père et moi, de nos traitements.»

Le chef, surpris, répliqua: «Si vous n'avez rien aujourd'hui, vous serez riche, dans tous les cas, au premier jour. Donc, cela revient au même.»

Et Lesable se retira, plus atterré de cet avancement perdu que de l'héritage imprenable.

Mais comme Cachelin venait d'arriver à son bureau, quelques jours plus tard, le beau Maze entra avec un sourire sur les lèvres, puis Pitolet parut, l'œil allumé, puis Boissel poussa la porte et s'avança d'un air excité, ricanant et jetant aux autres des regards de connivence. Le père Savon copiait toujours, sa pipe de terre au coin de la bouche, assis sur sa haute chaise, les deux pieds sur le barreau, à la façon des petits garçons.

Personne ne disait rien. On semblait attendre quelque chose, et Cachelin enregistrait les pièces, en annonçant tout haut, suivant sa coutume: «Toulon. Fournitures de gamelles d'officiers pour le *Richelieu*. — Lorient. Scaphandres pour le *Desaix*. — Brest. Essais sur les toiles à voiles de provenance anglaise!»

Lesable parut. Il venait maintenant chaque matin chercher les affaires qui le concernaient, son beau-père ne prenant plus la peine de les lui faire porter par le garçon.

Pendant qu'il fouillait dans les papiers étalés sur le bureau du commis d'ordre, Maze le regardait de coin en se frottant les mains, et Pitolet, qui roulait une cigarette, avait des petits plis de joie sur les lèvres, ces signes d'une gaieté qui ne se peut plus contenir. Il se tourna vers l'expéditionnaire : « Dites donc, papa Savon, vous avez appris bien des choses dans votre existence, vous ? »

Le vieux, comprenant qu'on allait se moquer de lui et parler encore de sa femme, ne répondit pas.

Pitolet reprit : « Vous avez toujours bien trouvé le secret pour faire des enfants, puisque vous en avez eu plusieurs ? »

Le bonhomme releva la tête : « Vous savez, monsieur Pitolet, je n'aime pas les plaisanteries sur ce sujet. J'ai eu le malheur d'épouser une compagne indigne. Lorsque j'ai acquis la preuve de son infidélité, je me suis séparé d'elle. »

Maze demanda d'un ton indifférent sans rire : « Vous l'avez eue plusieurs fois, la preuve, n'est-ce pas ? »

Et le père Savon répondit gravement : « Oui, monsieur. »

Pitolet reprit la parole : « Cela n'empêche que vous êtes père de plusieurs enfants, trois ou quatre, m'a-t-on dit ? »

Le bonhomme, devenu fort rouge, bégaya : « Vous cherchez à me blesser, monsieur Pitolet, mais vous n'y parviendrez point. Ma femme a eu, en effet, trois enfants. J'ai lieu de supposer que le premier est de moi, mais je renie les deux autres. »

Pitolet reprit : « Tout le monde dit, en effet, que le premier est de vous. Cela suffit. C'est très beau d'avoir un enfant, très beau et très heureux. Tenez, je parie que Lesable serait enchanté d'en faire un, un seul, comme vous ? »

Cachelin avait cessé d'enregistrer. Il ne riait pas, bien que le père Savon fût sa tête de Turc ordinaire et qu'il eût épuisé sur lui la série des plaisanteries inconvenantes au sujet de ses malheurs conjugaux.

Lesable avait ramassé ses papiers ; mais, sentant bien qu'on l'attaquait, il voulait demeurer, retenu par l'orgueil, confus et irrité, et cherchant qui donc avait pu livrer son secret. Puis le souvenir de ce qu'il avait dit au chef lui revint, et il comprit aussitôt qu'il lui faudrait montrer tout de suite une grande énergie, s'il ne voulait point servir de plastron au ministère tout entier.

Boissel marchait de long en large en ricanant toujours. Il imita la voix éraillée des crieurs des rues et beugla : « Le secret pour faire des enfants, dix centimes, deux sous ! Demandez le secret pour faire des enfants, révélé par M. Savon, avec beaucoup d'horribles détails ! »

Tout le monde se mit à rire, hormis Lesable et son beau-père. Et Pitolet, se tournant vers le commis d'ordre : « Qu'est-ce que vous avez donc, Cachelin ? Je ne reconnais pas votre gaieté habituelle. On dirait que vous ne trouvez pas ça drôle que le père Savon ait eu un enfant de sa femme. Moi, je trouve ça très farce, très farce. Tout le monde n'en peut pas faire autant ! »

Lesable s'était remis à remuer des papiers, faisait semblant de lire et de ne rien entendre, mais il était devenu blême.

Boissel reprit avec la même voix de voyou : « De l'utilité des héritiers pour recueillir les héritages, dix centimes, deux sous, demandez ! »

Alors Maze qui jugeait inférieur ce genre d'esprit et qui en voulait personnellement à Lesable de lui avoir dérobé l'espoir de fortune qu'il nourrissait dans le fond de son cœur, lui demanda directement : « Qu'est-ce que vous avez donc, Lesable, vous êtes fort pâle ? »

Lesable releva la tête et regarda bien en face son collègue. Il hésita quelques secondes, la lèvre frémissante, cherchant quelque chose de blessant et de spirituel, mais ne trouvant pas à son gré, il répondit : « Je n'ai rien. Je m'étonne seulement de vous voir déployer tant de finesse. »

Maze, toujours le dos au feu et relevant de ses deux mains les basques de sa redingote, reprit en riant : « On fait ce qu'on peut, mon cher. Nous sommes comme vous, nous ne réussissons pas toujours... »

Une explosion de rires lui coupa la parole. Le père Savon, stupéfait, comprenant vaguement qu'on ne s'adressait plus à lui, qu'on ne se moquait pas de lui, restait bouche béante, la plume en l'air. Et Cachelin attendait, prêt à tomber à coups de poing sur le premier que le hasard lui désignerait.

Lesable balbutia : « Je ne comprends pas. À quoi n'ai-je pas réussi ? »

Le beau Maze laissa retomber un des côtés de sa redingote pour se friser la moustache et, d'un ton gracieux : « Je sais que vous réussissez d'ordinaire à tout ce que vous entreprenez. Donc, j'ai eu tort de parler de vous. D'ailleurs, il s'agissait des enfants de papa Savon et non des vôtres, puisque vous n'en avez pas. Or, puisque vous réussissez dans vos entreprises, il est évident que si vous n'avez pas d'enfants, c'est que vous n'en avez pas voulu. »

Lesable demanda rudement : « De quoi vous mêlez-vous ? »

Devant ce ton provocant, Maze, à son tour, haussa la voix : « Dites donc, vous, qu'est-ce qui vous prend ? Tâchez d'être poli, ou vous aurez affaire à moi ! »

Mais Lesable tremblait de colère, et perdant toute mesure : « Monsieur Maze, je ne suis pas, comme vous, un grand fat, ni un grand beau. Et je vous prie désormais de ne jamais m'adresser la parole. Je ne me soucie ni de vous ni de vos semblables. » Et il jetait un regard de défi vers Pitolet et Boissel.

Maze avait soudain compris que la vraie force est dans le calme et l'ironie, mais, blessé dans toutes ses vanités, il voulut frapper au cœur son ennemi, et reprit d'un ton protecteur, d'un ton de conseiller bienveillant, avec une rage dans les yeux : « Mon cher Lesable, vous passez les bornes. Je comprends d'ailleurs votre dépit, il est fâcheux de perdre une fortune et de la perdre pour si peu, pour une chose si facile, si simple... Tenez, si vous voulez, je vous rendrai ce service-là, moi, pour rien, en bon camarade. C'est l'affaire de cinq minutes... »

Il parlait encore, il reçut en pleine poitrine l'encrier du père Savon, que Lesable lui lançait. Un flot d'encre lui couvrit le visage, le métamorphosant en nègre avec une rapidité surprenante. Il s'élança, roulant des yeux blancs, la main levée pour frapper. Mais Cachelin couvrit son gendre, arrêtant à bras-le-corps le grand Maze, et, le bousculant, le secouant, le bourrant de coups, il le rejeta contre le mur. Maze se dégagea d'un effort violent, ouvrit la porte, cria vers les deux hommes : « Vous allez avoir de mes nouvelles ! » et il disparut.

Pitolet et Boissel le suivirent. Boissel expliqua sa modération par la crainte qu'il avait eue de tuer quelqu'un en prenant part à la lutte.

Aussitôt rentré dans son bureau, Maze tenta de se nettoyer, mais il n'y put réussir ; il était teint avec une encre à fond violet, dite indélébile et ineffaçable. Il demeurait devant sa glace, furieux et désolé, et se frottant la figure rageusement avec sa serviette roulée en bouchon. Il n'obtint qu'un noir plus riche, nuancé de rouge, le sang affluant à la peau.

Boissel et Pitolet l'avaient suivi et lui donnaient des conseils. Selon celui-ci, il fallait se laver le visage avec de l'huile d'olive pure : selon celui-là, on réussirait avec de l'ammoniaque. Le garçon de bureau fut envoyé pour demander conseil à un pharmacien. Il rapporta un liquide jaune et une pierre ponce. On n'obtint aucun résultat.

Maze, découragé, s'assit et déclara: «Maintenant, il reste à vider la question d'honneur. Voulez-vous me servir de témoins et aller demander à M. Lesable soit des excuses suffisantes soit une réparation par les armes?»

Tous deux acceptèrent et on se mit à discuter la marche à suivre. Ils n'avaient aucune idée de ces sortes d'affaires, mais ne voulaient pas l'avouer, et, préoccupés par le désir d'être corrects, ils émettaient des opinions timides et diverses. Il fut décidé qu'on consulterait un capitaine de frégate détaché au ministère pour diriger le service des charbons. Il n'en savait pas plus qu'eux. Après avoir réfléchi, il leur conseilla néanmoins d'aller trouver Lesable et de le prier de les mettre en rapport avec deux amis.

Comme ils se dirigeaient vers le bureau de leur confrère, Boissel s'arrêta soudain: «Ne serait-il pas urgent d'avoir des gants?»

Pitolet hésita une seconde: «Oui, peut-être.» Mais pour se procurer des gants, il fallait sortir, et le chef ne badinait pas. On renvoya donc le garçon de bureau chercher un assortiment chez un marchand. La couleur les arrêta longtemps. Boissel les voulait noirs; Pitolet trouvait cette teinte déplacée dans la circonstance. Ils les prirent violets.

En voyant entrer ces deux hommes gantés et solennels, Lesable leva la tête et demanda brusquement: «Qu'est-ce que vous voulez?»

Pitolet répondit: «Monsieur, nous sommes chargés par notre ami M. Maze de vous demander soit des excuses, soit une réparation par les armes, pour les voies de fait auxquelles vous vous êtes livré sur lui.»

Mais Lesable, encore exaspéré, cria: «Comment! il m'insulte, et il vient encore me provoquer? Dites-lui que je le méprise, que je méprise ce qu'il peut dire ou faire.»

Boissel, tragique, s'avança: «Vous allez nous forcer, monsieur, à publier dans les journaux un procès-verbal qui vous sera fort désagréable.»

Pitolet, malin, ajouta: «Et qui pourra nuire gravement à votre honneur et à votre avancement futur.»

Lesable, atterré, les contemplait. Que faire? Il songea à gagner du temps: «Messieurs, vous aurez ma réponse dans dix minutes. Voulez-vous l'attendre dans le bureau de M. Pitolet?»

Dès qu'il fut seul, il regarda autour de lui, comme pour chercher un conseil, une protection.

Un duel! Il allait avoir un duel!

Il restait palpitant, effaré, en homme paisible qui n'a jamais songé à cette possibilité, qui ne s'est point préparé à ces risques, à ces émotions, qui n'a point fortifié son courage dans la prévision de cet événement formidable. Il voulut se lever et retomba assis, le cœur battant, les jambes molles. Sa colère et sa force avaient tout à coup disparu. Mais la pensée de l'opinion du ministère et du bruit que la chose allait faire à travers les bureaux réveilla son orgueil défaillant, et, ne sachant que résoudre, il se rendit chez le chef pour prendre son avis.

M. Torchebeuf fut surpris et demeura perplexe. La nécessité d'une rencontre armée ne lui apparaissait pas; et il songeait que tout cela allait encore désorganiser son service. Il répétait: «Moi, je ne puis rien vous dire. C'est là une question d'honneur qui ne me regarde pas. Voulez-vous que je vous donne un mot pour le commandant Bouc? C'est un homme compétent en la matière et il pourra vous guider.»

Lesable accepta et alla trouver le commandant qui consentit même à être témoin; il prit un sous-chef pour le seconder.

Boissel et Pitolet les attendaient, toujours gantés. Ils avaient emprunté deux chaises dans un bureau voisin afin d'avoir quatre sièges.

On se salua gravement, on s'assit. Pitolet prit la parole et exposa la situation. Le commandant, après l'avoir écouté, répondit: «La chose est grave, mais ne me paraît pas irréparable; tout dépend des intentions.» C'était un vieux marin sournois qui s'amusait.

Et une longue discussion commença, où furent élaborés successivement quatre projets de lettres, les excuses devant être réciproques. Si M. Maze reconnaissait n'avoir pas eu l'intention d'offenser, dans le principe, M. Lesable, celui-ci s'empresserait d'avouer tous ses torts en lançant l'encrier, et s'excuserait de sa violence inconsidérée.

Et les quatre mandataires retournèrent vers leurs clients.

Maze, assis maintenant devant sa table, agité par l'émotion du duel possible, bien que s'attendant à voir reculer son adversaire, regardait successivement l'une et l'autre de ses joues dans un de ces petits miroirs ronds, en étain, que tous les employés cachent dans leur tiroir pour faire, avant le départ du soir, la toilette de leur barbe, de leurs cheveux et de leur cravate.

Il lut les lettres qu'on lui soumettait et déclara avec une satisfaction visible: «Cela me paraît fort honorable. Je suis prêt à signer.»

Lesable, de son côté, avait accepté sans discussion la rédaction de ses témoins, en déclarant: «Du moment que c'est là votre avis, je ne puis qu'acquiescer.»

Et les quatre plénipotentiaires se réunirent de nouveau. Les lettres furent échangées; on se salua gravement, et, l'incident vidé, on se sépara.

Une émotion extraordinaire régnait dans l'administration. Les employés allaient aux nouvelles, passaient d'une porte à l'autre, s'abordaient dans les couloirs.

Quand on sut l'affaire terminée, ce fut une déception générale. Quelqu'un dit: «Ça ne fait toujours pas d'enfant à Lesable.» Et le mot courut. Un employé rima une chanson.

Mais, au moment où tout semblait fini, une difficulté surgit, soulevée par Boissel: «Quelle devait être l'attitude des deux adversaires quand ils se trouveraient face à face? Se salueraient-ils? Feindraient-ils de ne point se connaître?» Il fut décidé qu'ils se rencontreraient, comme par hasard, dans le bureau du chef et qu'ils échangeraient, en présence de M. Torchebeuf, quelques paroles de politesse.

Cette cérémonie fut aussitôt accomplie; et Maze, ayant fait demander un fiacre, rentra chez lui pour essayer de se nettoyer la peau.

Lesable et Cachelin remontèrent ensemble, sans parler, exaspérés l'un contre l'autre, comme si ce qui venait d'arriver eût dépendu de l'un ou de l'autre. Dès qu'il fut rentré chez lui, Lesable jeta violemment son chapeau sur la commode et cria vers sa femme:

«J'en ai assez, moi. J'ai un duel pour toi, maintenant!» Elle le regarda, surprise, irritée déjà.

«Un duel, pourquoi cela?

— Parce que Maze m'a insulté à ton sujet.»

Elle s'approcha: «À mon sujet? Comment?»

Il s'était assis rageusement dans un fauteuil. Il reprit: «Il m'a insulté... Je n'ai pas besoin de t'en dire plus long.»

Mais elle voulait savoir: «J'entends que tu me répètes les propos qu'il a tenus sur moi.»

Lesable rougit, puis balbutia: «Il m'a dit... il m'a dit... C'est à propos de ta stérilité.»

Elle eut une secousse; puis une fureur la souleva et la rudesse paternelle transperçant sa nature de femme, elle éclata: «Moi! Je suis stérile, moi? Qu'est-ce qu'il en sait, ce manant-là? Stérile, avec toi, oui, parce que tu n'es pas un homme ! Mais si j'avais épousé quelqu'un, n'importe qui, entends-tu, j'en aurais eu des enfants. Ah ! je te conseille de parler ! Cela me coûte cher d'avoir épousé une chiffe comme toi !... Et qu'est-ce que tu as répondu à ce gueux ? »

Lesable, effaré devant cet orage, bégaya : « Je l'ai... souffleté. »

Elle le regarda, étonnée : « Et qu'est-ce qu'il a fait, lui ?

— Il m'a envoyé des témoins. Voilà ! »

Elle s'intéressait maintenant à cette affaire, attirée, comme toutes les femmes, vers les aventures dramatiques, et elle demanda, adoucie tout à coup, prise soudain d'une certaine estime pour cet homme qui allait risquer sa vie : « Quand est-ce que vous vous battez ? »

Il répondit tranquillement : « Nous ne nous battons pas ; la chose a été arrangée par les témoins. Maze m'a fait des excuses. »

Elle le dévisagea, outrée de mépris : « Ah ! on m'a insultée devant toi et tu as laissé dire, et tu ne te bats point ! Il ne te manquait plus que d'être un poltron ! »

Il se révolta : « Je t'ordonne de te taire. Je sais mieux que toi ce qui regarde mon honneur. D'ailleurs, voici la lettre de M. Maze. Tiens, lis, et tu verras. »

Elle prit le papier, le parcourut, devina tout, et ricanant :

« Toi aussi tu as écrit une lettre ? Vous avez eu peur l'un de l'autre. Oh ! que les hommes sont lâches ! Si nous étions à votre place, nous autres... Enfin, là-dedans, c'est moi qui ai été insultée, moi, ta femme, et tu te contentes de cela ! Ça ne m'étonne plus si tu n'es pas capable d'avoir un enfant. Tout se tient. Tu es aussi... mollasse devant les femmes que devant les hommes. Ah ! j'ai pris là un joli coco ! »

Elle avait trouvé soudain la voix et les gestes de Cachelin, des gestes canailles de vieux troupier et des intonations d'homme.

Debout devant lui, les mains sur les hanches, haute, forte, vigoureuse, la poitrine ronde, la face rouge, la voix profonde et vibrante, le sang colorant ses joues fraîches de belle fille, elle regardait, assis devant elle, ce petit homme pâle, un peu chauve, rasé, avec ses courts favoris d'avocat. Elle avait envie de l'étrangler, de l'écraser.

Et elle répéta : « Tu n'es capable de rien, de rien. Tu laisses même tout le monde te passer sur le dos comme employé ! »

La porte s'ouvrit ; Cachelin parut, attiré par le bruit des voix, et il demanda : « Qu'est-ce qu'il y a ? »

Elle se retourna : « Je dis son fait à ce pierrot-là ! »

Et Lesable, levant les yeux, s'aperçut de leur ressemblance. Il lui sembla qu'un voile se levait qui les lui montrait tels qu'ils étaient, le père et la fille, du même sang, de la même race commune et grossière. Il se vit perdu, condamné à vivre entre les deux, toujours.

Cachelin déclara : « Si seulement on pouvait divorcer ! Ça n'est pas agréable d'avoir épousé un chapon. »

Lesable se dressa d'un bond, tremblant de fureur, éclatant à ce mot. Il marcha vers son beau-père, en bredouillant : « Sortez d'ici !... Sortez !... Vous êtes chez moi, entendez-vous... Je vous chasse... » Et il saisit sur la commode une bouteille pleine d'eau sédative qu'il brandissait comme une massue.

Cachelin, intimidé, sortit à reculons en murmurant : « Qu'est-ce qui lui prend, maintenant ? »

Mais la colère de Lesable ne s'apaisa point, c'en était trop. Il se tourna vers sa femme, qui le regardait toujours, un peu étonnée de sa violence, et il cria, après avoir posé sa bouteille sur le meuble : « Quant à toi... quant à toi... » Mais, comme il ne trouvait rien à dire n'ayant pas de raison à donner, il demeurait en face d'elle, le visage décomposé, la voix changée.

Elle se mit à rire.

Devant cette gaieté qui l'insultait encore, il devint fou, et s'élançant, il la saisit au cou de la main gauche, tandis qu'il la giflait furieusement de la droite. Elle reculait éperdue, suffoquant. Elle rencontra le lit et s'abattit dessus à la renverse. Il ne la lâchait point et frappait toujours. Tout à coup il se leva, essoufflé, épuisé ; et, honteux soudain de sa brutalité, il balbutia : « Voilà... voilà... voilà ce que c'est. »

Mais elle ne remuait point, comme s'il l'eût tuée. Elle restait sur le dos, au bord de la couche, la figure cachée maintenant dans ses deux mains. Il s'approcha, gêné, se demandant ce qui allait arriver et attendant qu'elle découvrît son visage pour voir ce qui se passait en elle. Au bout de quelques minutes, son angoisse grandissant, il murmura : « Cora ! dis, Cora ! » Elle ne répondit point et ne bougea pas. Qu'avait-elle ? Que faisait-elle ? Qu'allait-elle faire surtout ?

Sa rage passée, tombée aussi brusquement qu'elle s'était éveillée, il se sentait odieux, presque criminel. Il avait battu une femme, sa femme, lui, l'homme sage et froid, l'homme bien élevé et toujours raisonnable. Et dans l'attendrissement de la réaction, il avait envie de demander pardon, de se mettre à genoux, d'embrasser cette joue frappée et rouge. Il toucha, du bout du doigt, doucement, une des mains étendues sur ce visage invisible. Elle sembla ne rien sentir. Il la flatta, la caressant comme on caresse un chien grondé. Elle ne s'en aperçut pas. Il dit encore: «Cora, écoute, Cora, j'ai eu tort, écoute.» Elle semblait morte. Alors il essaya de soulever cette main. Elle se détacha facilement, et il vit un œil ouvert qui le regardait, un œil fixe, inquiétant et troublant.

Il reprit: «Écoute, Cora, je me suis laissé emporter par la colère. C'est ton père qui m'avait poussé à bout. On n'insulte pas un homme ainsi.»

Elle ne répondit rien, comme si elle n'entendait pas. Il ne savait que dire, que faire. Il l'embrassa près de l'oreille, et, en se relevant, il vit une larme au coin de l'œil, une grosse larme qui se détacha et roula vivement sur la joue; et la paupière s'agitait, se fermait coup sur coup.

Il fut saisi de chagrin, pénétré d'émotion, et, ouvrant les bras, il s'étendit sur sa femme; il écarta l'autre main avec ses lèvres, et lui baisant toute la figure, il la priait: «Ma pauvre Cora, pardonne-moi, dis, pardonne-moi.»

Elle pleurait toujours, sans bruit, sans sanglots, comme on pleure des chagrins profonds.

Il la tenait serrée contre lui, la caressant, lui murmurant dans l'oreille tous les mots tendres qu'il pouvait trouver. Mais elle demeurait insensible. Cependant elle cessa de pleurer. Ils restèrent longtemps ainsi, étendus et enlacés.

La nuit venait, emplissant d'ombre la petite chambre; et lorsque la pièce fut bien noire, il s'enhardit, et sollicita son pardon de manière à raviver leurs espérances.

Lorsqu'ils se furent relevés, il avait repris sa voix et sa figure ordinaires, comme si rien ne s'était passé. Elle paraissait au contraire attendrie, parlait d'un ton plus doux que de coutume, regardait son mari avec des yeux soumis, presque caressants, comme si cette correction inattendue eût détendu ses nerfs et amolli son cœur. Il prononça tranquillement: «Ton père doit s'ennuyer, tout seul chez lui; tu devrais bien aller le chercher. Il serait temps de dîner, d'ailleurs.» Elle sortit.

Il était sept heures, en effet, et la petite bonne annonça la soupe; puis Cachelin, calme et souriant, reparut avec sa fille. On se mit à table et on causa, ce soir-là, avec plus de cordialité qu'on n'avait fait depuis longtemps, comme si quelque chose d'heureux était arrivé pour tout le monde.

5

Mais leurs espérances toujours entretenues, toujours renouvelées, n'aboutissaient jamais à rien. De mois en mois leurs attentes déçues, malgré la persistance de Lesable et la bonne volonté de sa compagne, les enfiévraient d'angoisse. Chacun sans cesse reprochait à l'autre leur insuccès, et l'époux désespéré, amaigri, fatigué, avait à souffrir surtout de la grossièreté de Cachelin qui ne l'appelait plus, dans leur intimité guerroyante, que «M. Lecoq», en souvenir sans doute de ce jour où il avait failli recevoir une bouteille par la figure pour avoir prononcé le mot chapon.

Sa fille et lui, ligués d'instinct, enragés par la pensée constante de cette grosse fortune si proche et impossible à saisir, ne savaient qu'inventer pour humilier et torturer cet impotent d'où venait leur malheur.

En se mettant à table, Cora, chaque jour, répétait: «Nous avons peu de chose pour le dîner. Il en serait autrement si nous étions riches. Ce n'est pas ma faute.»

Quand Lesable partait pour son bureau, elle lui criait du fond de sa chambre: «Prends ton parapluie pour ne pas me revenir sale comme une roue d'omnibus. Après tout, ce n'est pas ma faute si tu es encore obligé de faire ce métier de gratte-papier.»

Quand elle allait sortir elle-même, elle ne manquait jamais de s'écrier: «Dire que si j'avais épousé un autre homme j'aurais une voiture à moi.»

À toute heure, à toute occasion, elle pensait à cela, piquait son mari d'un reproche, le cinglait d'une injure, le faisait seul coupable, le rendait seul responsable de la perte de cet argent qu'elle aurait possédé.

Un soir enfin, perdant encore patience, il s'écria: «Mais, nom d'un chien! te tairas-tu à la fin? D'abord, c'est ta faute, à toi seule, entends-tu, si nous n'avons pas d'enfant, parce que j'en ai un, moi...»

Il mentait, préférant tout à cet éternel reproche et à cette honte de paraître impuissant.

Elle le regarda, étonnée d'abord, cherchant la vérité dans ses yeux, puis ayant compris, et pleine de dédain: «Tu as un enfant, toi?»

Il répondit effrontément: «Oui, un enfant naturel que je fais élever à Asnières.»

Elle reprit avec tranquillité: «Nous irons le voir demain pour que je me rende compte comment il est fait.»

Mais il rougit jusqu'aux oreilles en balbutiant: «Comme tu voudras.»

Elle se leva, le lendemain, dès sept heures, et comme il s'étonnait: «Mais n'allons-nous pas voir ton enfant? Tu me l'as promis hier soir. Est-ce que tu n'en aurais plus aujourd'hui, par hasard?»

Il sortit de son lit brusquement: «Ce n'est pas mon enfant que nous allons voir, mais un médecin; et il te dira ton fait.»

Elle répondit, en femme sûre d'elle: «Je ne demande pas mieux.»

Cachelin se chargea d'annoncer au ministère que son gendre était malade; et le ménage Lesable, renseigné par un médecin voisin, sonnait à une heure précise à la porte du Dr Lefilleul, auteur de plusieurs ouvrages sur l'hygiène de la génération.

Ils entrèrent dans un salon blanc à filets d'or, mal meublé, qui semblait nu et inhabité malgré le nombre des sièges. Ils s'assirent. Lesable se sentait ému, tremblant, honteux aussi. Leur tour vint et ils pénétrèrent dans une sorte de bureau où les reçut un gros homme de petite taille, cérémonieux et froid.

Il attendit qu'ils s'expliquassent; mais Lesable ne s'y hasardait point, rouge jusqu'aux oreilles. Sa femme alors se décida, et, d'une voix tranquille, en personne résolue à tout pour arriver à son but: «Monsieur, nous venons vous trouver parce que nous n'avons pas d'enfant. Une grosse fortune en dépend pour nous.»

La consultation fut longue, minutieuse et pénible. Seule Cora ne semblait point gênée, se prêtait à l'examen attentif du médecin en femme qu'anime et que soutient un intérêt plus haut.

Après avoir étudié pendant près d'une heure les deux époux, le praticien ne se prononça pas.

«Je ne constate rien, dit-il, rien d'anormal, ni rien de spécial. Le cas, d'ailleurs, se présente assez fréquemment. Il en est des corps comme des caractères. Lorsque nous voyons tant de ménages disjoints pour incompatibilité d'humeur, il n'est pas étonnant d'en voir d'autres stériles pour incompatibilité physique. Madame me paraît particulièrement bien constituée et apte à la génération. Monsieur, de son côté, bien que ne présentant aucun caractère de conformation en dehors de la règle, me semble affaibli, peut-être même par suite de son excessif désir de devenir père. Voulez-vous me permettre de vous ausculter?»

Lesable, inquiet, ôta son gilet et le docteur colla longtemps son oreille sur le thorax et dans le dos de l'employé, puis il tapota obstinément depuis l'estomac jusqu'au cou et depuis les reins jusqu'à la nuque.

Il constata un léger trouble au premier temps du cœur, et même une menace du côté de la poitrine.

« Il faut vous soigner, monsieur, vous soigner attentivement. C'est de l'anémie, de l'épuisement, pas autre chose. Ces accidents, encore insignifiants, pourraient, en peu de temps, devenir incurables. »

Lesable, blême d'angoisse, demanda une ordonnance. On lui prescrivit un régime compliqué. Du fer, des viandes rouges, du bouillon dans le jour, de l'exercice, du repos et un séjour à la campagne pendant l'été. Puis le docteur leur donna des conseils pour le moment où il irait mieux. Il leur indiqua des pratiques usitées dans leur cas et qui avaient souvent réussi.

La consultation coûta quarante francs.

Lorsqu'ils furent dans la rue, Cora prononça, pleine de colère sourde et prévoyant l'avenir : « Me voilà bien lotie, moi ! »

Il ne répondit pas. Il marcha dévoré de craintes, recherchant et pesant chaque parole du docteur. Ne l'avait-il pas trompé ? Ne l'avait-il pas jugé perdu ? Il ne pensait guère à l'héritage, maintenant, et à l'enfant ! Il s'agissait de sa vie !

Il lui semblait entendre un sifflement dans ses poumons et sentir son cœur battre à coups précipités. En traversant les Tuileries, il eut une faiblesse et désira s'asseoir. Sa femme, exaspérée, resta debout près de lui pour l'humilier, le regardant de haut en bas avec une pitié méprisante. Il respirait péniblement, exaspérant l'essoufflement qui provenait de son émotion ; et, les doigts de la main gauche sur le pouls du poignet droit, il comptait les pulsations de l'artère.

Cora, qui piétinait d'impatience, demanda : « Est-ce fini, ces manières-là ? Quand tu seras prêt ? » Il se leva, comme se lèvent les victimes, et se remit en route sans prononcer une parole.

Quand Cachelin apprit le résultat de la consultation, il ne modéra point sa fureur. Il gueulait : « Nous voilà propres, ah bien ! nous voilà propres. » Et il regardait son gendre avec des yeux féroces, comme s'il eût voulu le dévorer.

Lesable n'écoutait pas, n'entendait pas, ne pensant plus qu'à sa santé, à son existence menacée. Ils pouvaient crier, le père et la fille, ils n'étaient pas dans sa peau, à lui, et, sa peau, il la voulait garder.

Il eut des bouteilles de pharmacien sur sa table, et il dosait, à chaque repas, les médicaments, sous les sourires de sa femme et les rires bruyants de son beau-père. Il se regardait dans la glace à tout instant, posait à tout moment la main sur son cœur pour en étudier les secousses, et il se fit faire un lit dans une pièce obscure qui servait de garde-robe, ne voulant plus se trouver en contact charnel avec Cora.

Il éprouvait pour elle, maintenant, une haine apeurée, mêlée de mépris et de dégoût. Toutes les femmes, d'ailleurs, lui apparaissaient à présent comme des monstres, des bêtes dangereuses, ayant pour mission de tuer les hommes : et il ne pensait plus au testament de tante Charlotte que comme on pense à un accident passé dont on a failli mourir.

Des mois encore s'écoulèrent. Il ne restait plus qu'un an avant le terme final.

Cachelin avait accroché dans la salle à manger un énorme calendrier dont il effaçait un jour chaque matin, et l'exaspération de son impuissance, le désespoir de sentir de semaine en semaine lui échapper cette fortune, la rage de penser qu'il lui faudrait trimer encore au bureau, et vivre ensuite avec une retraite de deux mille francs, jusqu'à sa mort, le poussaient à des violences de paroles qui, pour moins que rien, seraient devenues des voies de fait.

Il ne pouvait regarder Lesable sans frémir d'un besoin furieux de le battre, de l'écraser, de le piétiner. Il le haïssait d'une haine désordonnée. Chaque fois qu'il le voyait ouvrir la porte, entrer, il lui semblait qu'un voleur pénétrait chez lui, qui l'avait dépouillé d'un bien sacré, d'un héritage de famille. Il le haïssait plus qu'on ne hait un ennemi mortel, et il le méprisait en même temps pour sa faiblesse, et surtout pour sa lâcheté, depuis qu'il avait renoncé à poursuivre l'espoir commun par crainte de sa santé.

Lesable, en effet, vivait plus séparé de sa femme que si aucun lien ne les eût unis. Il ne l'approchait plus, ne la touchait plus, évitait même son regard, autant par honte que par peur.

Cachelin, chaque jour, demandait à sa fille : « Eh bien, ton mari s'est-il décidé ? »

Elle répondait : « Non, papa. »

Chaque soir, à table, avaient lieu des scènes pénibles. Cachelin sans cesse répétait : « Quand un homme n'est pas un homme, il ferait mieux de crever pour céder la place à un autre. »

Et Cora ajoutait : « Le fait est qu'il y a des gens bien inutiles et bien gênants. Je ne sais pas trop ce qu'ils font sur la terre si ce n'est d'être à charge à tout le monde. »

Lesable buvait ses drogues et ne répondait pas. Un jour enfin, son beau-père lui cria: «Vous savez, vous, si vous ne changez pas d'allures, maintenant que vous allez mieux, je sais bien ce que fera ma fille!...»

Le gendre leva les yeux, pressentant un nouvel outrage, interrogeant du regard. Cachelin reprit: «Elle en prendra un autre que vous, parbleu! Et vous avez une rude chance que ce ne soit pas déjà fait. Quand on a épousé un paltoquet de votre espèce, tout est permis.»

Lesable, livide, répondit: «Ce n'est pas moi qui l'empêche de suivre vos bons conseils.»

Cora avait baissé les yeux. Et Cachelin, sentant vaguement qu'il venait de dire une chose trop forte, demeura un peu confus.

6

Au ministère, les deux hommes semblaient vivre en assez bonne intelligence. Une sorte de pacte tacite s'était fait entre eux pour cacher à leurs collègues les batailles de leur intérieur. Ils s'appelaient «mon cher Cachelin» — «mon cher Lesable», et feignaient même de rire ensemble, d'être heureux et contents, satisfaits de leur vie commune.

Lesable et Maze, de leur côté, se comportaient l'un vis-à-vis de l'autre avec la politesse cérémonieuse d'adversaires qui ont failli se battre. Le duel raté dont ils avaient eu le frisson mettait entre eux une politesse exagérée, une considération plus marquée, et peut-être un désir secret de rapprochement, venu de la crainte confuse d'une complication nouvelle. On observait et on approuvait leur attitude d'hommes du monde qui ont eu une affaire d'honneur.

Ils se saluaient de fort loin, avec une gravité sévère, d'un grand coup de chapeau tout à fait digne.

Ils ne se parlaient pas, aucun des deux ne voulant ou n'osant prendre sur lui de commencer.

Mais un jour, Lesable, que le chef demandait immédiatement, se mit à courir pour marquer son zèle, et, au détour du couloir, il alla donner de tout son élan dans le ventre d'un employé qui arrivait en sens inverse. C'était Maze. Ils reculèrent tous les deux, et Lesable demanda avec un empressement confus et poli: «Je ne vous ai point fait de mal, monsieur?»

L'autre répondit: «Nullement, monsieur.»

Depuis ce moment, ils jugèrent convenable d'échanger quelques paroles en se rencontrant. Puis, entrant en lutte de courtoisie, ils eurent des prévenances l'un pour l'autre, d'où naquit bientôt une certaine familiarité, puis une intimité que tempérait une réserve, l'intimité de gens qui s'étaient méconnus, mais dont une certaine hésitation craintive retient encore l'élan; puis, à force de politesses et de visites de pièce en pièce, une camaraderie s'établit.

Souvent ils bavardaient maintenant, en venant aux nouvelles dans le bureau du commis d'ordre. Lesable avait perdu de sa morgue d'employé sûr d'arriver, Maze mettait de côté sa tenue d'homme du monde; et Cachelin se mêlait à la conversation, semblait voir avec intérêt leur amitié. Quelquefois, après le départ du beau commis, qui s'en allait la taille droite, effleurant du front le haut de la porte, il murmurait en regardant son gendre: «En voilà un gaillard, au moins!»

Un matin, comme ils étaient là tous les quatre, car le père Savon ne quittait jamais sa copie, la chaise de l'expéditionnaire, sciée sans doute par quelque farceur, s'écroula sous lui, et le bonhomme roula sur le parquet en poussant un cri d'effroi.

Les trois autres se précipitèrent. Le commis d'ordre attribua cette machination aux communards et Maze voulait à toute force voir l'endroit blessé. Cachelin et lui essayèrent même de déshabiller le vieux pour le panser, disaient-ils. Mais il résistait désespérément, criant qu'il n'avait rien.

Quand la gaieté fut apaisée, Cachelin, tout à coup, s'écria: «Dites donc, monsieur Maze, vous ne savez pas, maintenant que nous sommes bien ensemble, vous devriez venir dîner dimanche à la maison. Ça nous ferait plaisir à tous, à mon gendre, à moi et à ma fille qui vous connaît bien de nom, car on parle souvent du bureau. C'est dit, hein?»

Lesable joignit ses instances, mais plus froidement, à celles de son beau-père: «Venez donc, vous nous ferez grand plaisir.»

Maze hésitait, embarrassé, souriant au souvenir de tous les bruits qui couraient.

Cachelin le pressait: «Allons, c'est entendu?

— Eh bien, oui, j'accepte.»

Quand son père lui dit, en rentrant: «Tu ne sais pas, M. Maze vient dîner ici dimanche prochain», Cora, surprise d'abord, balbutia: «M. Maze? — Tiens!»

Et elle rougit jusqu'aux cheveux, sans savoir pourquoi. Elle avait si souvent entendu parler de lui, de ses manières, de ses succès, car il passait dans le ministère pour entreprenant avec les femmes et irrésistible, qu'un désir de le connaître s'était éveillé en elle depuis longtemps.

Cachelin reprit en se frottant les mains : « Tu verras, c'est un rude gars, et un beau garçon. Il est haut comme un carabinier, il ne ressemble pas à ton mari, celui-là ! »

Elle ne répondit rien, confuse comme si on eût pu deviner qu'elle avait rêvé de lui.

On prépara ce dîner avec autant de sollicitude que celui de Lesable autrefois. Cachelin discutait les plats, voulait que ce fût bien, et comme si une confiance inavouée, encore indécise, eût surgi dans son cœur, il semblait plus gai, tranquillisé par quelque prévision secrète et sûre.

Toute la journée du dimanche, il surveilla les préparatifs avec agitation, tandis que Lesable traitait une affaire urgente apportée la veille du bureau. On était dans la première semaine de novembre et le jour de l'an approchait.

À sept heures, Maze arriva, plein de bonne humeur. Il entra comme chez lui et offrit, avec un compliment, un gros bouquet de roses à Cora. Il ajouta, de ce ton familier des gens habitués au monde : « Il me semble, madame, que je vous connais un peu, et que je vous ai connue toute petite fille, car voici bien des années que votre père me parle de vous. »

Cachelin, en apercevant les fleurs, s'écria :

« Ça, au moins, c'est distingué. » Et sa fille se rappela que Lesable n'en avait point apporté le jour de sa présentation. Le beau commis semblait enchanté, riait en bon enfant, qui vient pour la première fois chez de vieux amis, et lançait à Cora des galanteries discrètes qui lui empourpraient les joues.

Il la trouva fort désirable. Elle le jugea fort séduisant. Quand il fut parti, Cachelin demanda : « Hein ! quel bon zig, et quel sacripant ça doit faire ! Il paraît qu'il enjôle toutes les femmes. »

Cora, moins expansive, avoua cependant qu'elle le trouvait « aimable et pas si poseur qu'elle aurait cru ».

Lesable, qui semblait moins las et moins triste que de coutume, convint qu'il l'avait « méconnu » dans les premiers temps.

Maze revint avec réserve d'abord, puis plus souvent. Il plaisait à tout le monde. On l'attirait, on le soignait. Cora lui faisait les plats qu'il aimait. Et l'intimité des trois hommes fut bientôt si vive qu'ils ne se quittaient plus guère. Le nouvel ami emmenait la famille au théâtre, en des loges obtenues par les journaux.

On retournait à pied, la nuit, le long des rues pleines de monde, jusqu'à la porte du ménage Lesable. Maze et Cora marchaient devant, d'un pas égal, hanche à hanche, balancés d'un même mouvement, d'un même rythme, comme deux êtres créés pour aller côte à côte dans la vie. Ils parlaient à mi-voix, car ils s'entendaient à merveille, en riant d'un rire étouffé ; et parfois la jeune femme se retournait pour jeter derrière elle un coup d'œil sur son père et son mari.

Cachelin les couvait d'un regard bienveillant, et souvent, sans songer qu'il parlait à son gendre, il déclarait : « Ils ont bonne tournure tout de même, ça fait plaisir de les voir ensemble. » Lesable répondait tranquillement : « Ils sont presque de la même taille », et heureux de sentir que son cœur battait moins fort, qu'il souffrait moins en marchant vite et qu'il était en tout plus gaillard, il laissait s'évanouir peu à peu sa rancune contre son beau-père dont les quolibets méchants avaient d'ailleurs cessé depuis quelque temps.

Au jour de l'an il fut nommé commis principal. Il en éprouva une joie si véhémente, qu'il embrassa sa femme en rentrant, pour la première fois depuis six mois. Elle en parut tout interdite, gênée comme s'il eût fait une chose inconvenante ; et elle regarda Maze qui était venu pour lui présenter, à l'occasion du premier janvier, ses hommages et ses souhaits. Il eut l'air lui-même embarrassé et il se tourna vers la fenêtre, en homme qui ne veut pas voir.

Mais Cachelin bientôt redevint irritable et mauvais, et il recommença à harceler son gendre de plaisanteries. Parfois même il attaquait Maze, comme s'il lui en eût voulu aussi de la catastrophe suspendue sur eux et dont la date inévitable se rapprochait à chaque minute.

Seule, Cora paraissait tout à fait tranquille, tout à fait heureuse, tout à fait radieuse. Elle avait oublié, semblait-il, le terme menaçant et si proche.

On atteignit mars. Tout espoir semblait perdu, car il y aurait trois ans, au 20 juillet, que tante Charlotte était morte.

Un printemps précoce faisait germer la terre ; et Maze proposa à ses amis de faire une promenade au bord de la Seine, un dimanche, pour cueillir des violettes dans les buissons.

Ils partirent par un train matinal et descendirent à Maisons-Laffitte. Un frisson d'hiver courait encore dans les branches nues, mais l'herbe reverdie, luisante, était déjà tachée de fleurs blanches et bleues ; et les arbres fruitiers sur les coteaux semblaient enguirlandés de roses, avec leurs bras maigres couverts de bourgeons épanouis.

La Seine, lourde, coulait triste et boueuse des pluies dernières, entre ses berges rongées par les crues de l'hiver; et toute la campagne trempée d'eau, semblant sortir d'un bain, exhalait une saveur d'humidité douce sous la tiédeur des premiers jours de soleil.

On s'égara dans le parc. Cachelin, morne, tapait de sa canne des mottes de terre, plus accablé que de coutume, songeant plus amèrement, ce jour-là, à leur infortune bientôt complète. Lesable, morose aussi, craignait de se mouiller les pieds dans l'herbe, tandis que sa femme et Maze cherchaient à faire un bouquet. Cora, depuis quelques jours, semblait souffrante, lasse et pâlie.

Elle fut tout de suite fatiguée et voulut rentrer pour déjeuner. On gagna un petit restaurant contre un vieux moulin croulant; et le déjeuner traditionnel des Parisiens en sortie fut bientôt servi sous la tonnelle, sur la table de bois vêtue de deux serviettes, et tout près de la rivière.

On avait croqué des goujons frits, mâché le bœuf entouré de pommes de terre, et on passait le saladier plein de feuilles vertes, quand Cora se leva brusquement, et se mit à courir vers la berge, en tenant à deux mains sa serviette sur sa bouche.

Lesable, inquiet, demanda: «Qu'est-ce qu'elle a donc?» Maze, troublé, rougit, balbutia: «Mais... je ne sais pas... elle allait bien tout à l'heure!» et Cachelin demeurait effaré, la fourchette en l'air avec une feuille de salade au bout.

Il se leva, cherchant à voir sa fille. En se penchant, il l'aperçut la tête contre un arbre, malade. Un soupçon rapide lui coupa les jarrets et il s'abattit sur sa chaise, jetant des regards effarés sur les deux hommes qui semblaient maintenant aussi confus l'un que l'autre. Il les fouillait de son œil anxieux, n'osant plus parler, fou d'angoisse et d'espérance.

Un quart d'heure s'écoula dans un silence profond. Et Cora reparut, un peu pâle, marchant avec peine. Personne ne l'interrogea d'une façon précise; chacun paraissait deviner un événement heureux, pénible à dire, brûler de le savoir et craindre de l'apprendre. Seul Cachelin lui demanda: «Ça va mieux?» Elle répondit: «Oui, merci, ce n'était rien. Mais nous rentrerons de bonne heure, j'ai un peu de migraine.»

Et pour repartir, elle prit le bras de son mari comme pour signifier quelque chose de mystérieux qu'elle n'osait avouer encore.

On se sépara dans la gare Saint-Lazare; Maze, prétextant une affaire dont le souvenir lui revenait, s'en alla après avoir salué et serré les mains.

Dès que Cachelin fut seul avec sa fille et son gendre il demanda: «Qu'est-ce que tu as eu pendant le déjeuner?»

Mais Cora ne répondit point d'abord; puis, après avoir hésité quelque temps: «Ce n'était rien. Un petit mal de cœur.»

Elle marchait d'un pas alangui, avec un sourire sur les lèvres. Lesable, mal à l'aise, l'esprit troublé, hanté d'idées confuses, contradictoires, plein d'appétits de luxe, de colère sourde, de honte inavouable, de lâcheté jalouse, faisait comme ces dormeurs qui ferment les yeux au matin pour ne point voir le rayon de lumière glissant entre les rideaux et qui coupe leur lit d'un trait brillant.

Dès qu'il fut rentré, il parla d'un travail à finir et s'enferma.

Alors Cachelin, posant les deux mains sur les épaules de sa fille: «Tu es enceinte, hein?»

Elle balbutia: «Oui, je le crois. Depuis deux mois.»

Elle n'avait point fini de parler qu'il bondissait d'allégresse; puis il se mit à danser autour d'elle un cancan de bal public, vieux ressouvenir de ses jours de garnison. Il levait la jambe, sautait malgré son ventre, secouait l'appartement tout entier. Les meubles se balançaient, les verres se heurtaient dans le buffet, la suspension oscillait et vibrait comme la lampe d'un navire.

Puis il prit dans ses bras sa fille chérie et l'embrassa frénétiquement; puis, lui jetant d'une façon familière une petite tape sur le ventre: «Ah! ça y est, enfin! L'as-tu dit à ton mari?»

Elle murmura, intimidée tout à coup: «Non... pas encore... je... j'attendais.»

Mais Cachelin s'écria: «Bon, c'est bon. Ça te gêne. Attends, je vais le lui dire, moi!»

Et il se précipita dans l'appartement de son gendre. En le voyant entrer, Lesable, qui ne faisait rien, se dressa. Mais l'autre ne lui laissa pas le temps de se reconnaître: «Vous savez que votre femme est grosse?»

L'époux, interdit, perdait contenance, et ses pommettes devinrent rouges.

«Quoi? Comment? Cora? Vous dites?

— Je dis qu'elle est grosse, entendez-vous? En voilà une chance!»

Et dans sa joie, il lui prit les mains, les serra, les secoua, comme pour le féliciter, le remercier ; il répétait : « Ah ! enfin, ça y est. C'est bien ! c'est bien ! Songez donc, la fortune est à nous. » Et, n'y tenant plus, il le serra dans ses bras.

Il criait : « Plus d'un million, songez, plus d'un million ! » Il se remit à danser, puis soudain : « Mais venez donc, elle vous attend : venez l'embrasser, au moins ! » et le prenant à plein corps, il le poussa devant lui et le lança comme une balle dans la salle où Cora était restée, debout, inquiète, écoutant.

Dès qu'elle aperçut son mari, elle recula, étranglée par une brusque émotion. Il restait devant elle, pâle et torturé. Il avait l'air d'un juge et elle d'une coupable.

Enfin il dit : « Il paraît que tu es enceinte ? »

Elle balbutia d'une voix tremblante : « Ça en a l'air. »

Mais Cachelin les saisit tous les deux par le cou et il les colla l'un à l'autre, nez à nez, en criant : « Embrassez-vous donc, nom d'un chien ! Ça en vaut bien la peine. »

Et, quand il les eut lâchés, il déclara, débordant d'une joie folle : « Enfin, c'est partie gagnée ! Dites donc, Léopold, nous allons tout de suite acheter une propriété à la campagne. Là, au moins, vous pourrez remettre votre santé. »

À cette idée, Lesable tressaillit. Son beau-père reprit :

« Nous y inviterons M. Torchebeuf avec sa dame, et comme le sous-chef est au bout de son rouleau, vous pourrez prendre sa succession. C'est un acheminement. »

Lesable voyait les choses, à mesure que parlait Cachelin ; il se voyait lui-même, recevant le chef, dans une jolie propriété blanche, au bord de la rivière. Il avait une veste de coutil, et un panama sur la tête.

Quelque chose de doux lui entrait dans le cœur à cette espérance, quelque chose de tiède et de bon qui semblait se mêler à lui, le rendre léger et déjà mieux portant.

Il sourit, sans répondre encore.

Cachelin, grisé d'espoirs, emporté dans les rêves, continuait : « Qui sait ? Nous pourrons prendre de l'influence dans le pays. Vous serez peut-être député. Dans tous les cas, nous pourrons voir la société de l'endroit, et nous payer des douceurs. Vous aurez un petit cheval et un panier pour aller chaque jour à la gare. »

Des images de luxe, d'élégance et de bien-être s'éveillaient dans l'esprit de Lesable. La pensée qu'il conduirait lui-même une mignonne voiture, comme ces gens riches dont il avait si souvent envié le sort, détermina sa satisfaction. Il ne put s'empêcher de dire : « Ah ! ça oui, c'est charmant, par exemple. »

Cora, le voyant gagné, souriait aussi, attendrie et reconnaissante ; et Cachelin, qui ne distinguait plus d'obstacles, déclara :

« Nous allons dîner au restaurant. Sacristi ! il faut nous payer une petite noce. »

Ils étaient un peu gris en rentrant tous les trois, et Lesable, qui voyait double et dont toutes les idées dansaient, ne put regagner son cabinet noir. Il se coucha, peut-être par mégarde, peut-être par oubli, dans le lit encore vide où allait entrer sa femme. Et toute la nuit il lui sembla que sa couche oscillait comme un bateau, tanguait, roulait et chavirait. Il eut même un peu le mal de mer.

Il fut bien surpris, en s'éveillant, de trouver Cora dans ses bras.

Elle ouvrit les yeux, sourit, et l'embrassa avec un élan subit, plein de gratitude et d'affection. Puis elle lui dit, de cette voix douce qu'ont les femmes dans leurs câlineries : « Si tu veux être bien gentil, tu n'iras pas aujourd'hui au ministère. Tu n'as plus besoin d'être si exact, puisque nous allons être très riches. Et nous partirions encore à la campagne, tous les deux, tout seuls. »

Il se sentait reposé, plein de ce bien-être las qui suit les courbatures des fêtes, et engourdi dans la chaleur de la couche. Il éprouvait une envie lourde de rester là longtemps, de ne plus rien faire que de vivre tranquille dans la mollesse. Un besoin de paresse inconnu et puissant paralysait son âme, envahissait son corps. Et une pensée vague, continue, heureuse, flottait en lui : il allait être riche, indépendant.

Mais tout à coup une peur le saisit, et il demanda tout bas, comme s'il eût craint que ses paroles fussent entendues par les murs : « Es-tu bien sûre d'être enceinte, au moins ? »

Elle le rassura tout de suite : « Oh ! oui, va. Je ne me suis pas trompée. »

Et lui, un peu inquiet encore, se mit à la tâter doucement. Il parcourait de la main son ventre enflé. Il déclara : « Oui, c'est vrai — mais tu ne seras pas accouchée avant la date. On contestera peut-être notre droit. »

À cette supposition, une colère la prit. — Ah ! mais non, par exemple, on n'allait pas la chicaner maintenant, après tant de misères, de peines et d'efforts, ah ! mais non ! — Elle s'était assise, bouleversée par l'indignation.

« Allons de suite chez le notaire », dit-elle.

Mais il fut d'avis de se procurer d'abord un certificat de médecin. Ils retournèrent donc chez le Dr Lefilleul.

Il les reconnut aussitôt et demanda: «Eh bien, avez-vous réussi?»

Ils rougirent tous deux jusqu'aux oreilles, et Cora, perdant un peu contenance, balbutia: «Je crois que oui, monsieur.»

Le médecin se frottait les mains: «Je m'y attendais, je m'y attendais. Le moyen que je vous ai indiqué ne manque jamais, à moins d'incapacité radicale d'un des conjoints.»

Quand il eut examiné la jeune femme il déclara: «Ça y est, bravo!»

Et il écrivit sur une feuille de papier: «Je soussigné, docteur en médecine de la Faculté de Paris, certifie que Mme Léopold Lesable, née Cachelin, présente tous les symptômes d'une grossesse datant de trois mois environ.»

Puis, se tournant vers Lesable: «Et vous? Cette poitrine, et ce cœur?» Il l'ausculta et le trouva tout à fait guéri.

Ils repartirent, heureux et joyeux, bras à bras, d'un pied léger. Mais en route, Léopold eut une idée: «Tu ferais peut-être bien, avant d'aller chez le notaire, de passer une ou deux serviettes dans la ceinture, ça tirera l'œil et ça vaudra mieux. Il ne croira pas que nous voulons gagner du temps.»

Ils rentrèrent donc, et il déshabilla lui-même sa femme pour lui ajuster un flanc trompeur. Dix fois de suite, il changea les serviettes de place, et il s'éloignait de quelques pas afin de constater l'effet, cherchant à obtenir une vraisemblance absolue.

Lorsqu'il fut content du résultat, ils repartirent, et dans la rue il semblait fier de promener ce ventre en bosse qui attestait sa virilité.

Le notaire les reçut avec bienveillance. Puis il écouta leur explication, parcourut de l'œil le certificat, et comme Lesable insistait: «Du reste, monsieur, il suffit de la voir une seconde», il jeta un regard convaincu sur la taille épaisse et pointue de la jeune femme.

Ils attendaient, anxieux; l'homme de loi déclara: «Parfaitement. Que l'enfant soit né ou à naître, il existe, il vit. Donc, nous surseoirons à l'exécution du testament jusqu'à l'accouchement de madame.»

En sortant de l'étude, ils s'embrassèrent dans l'escalier, tant leur joie était véhémente.

7

Depuis cette heureuse découverte, les trois parents vivaient dans une union parfaite. Ils étaient d'humeur gaie, égale et douce. Cachelin avait retrouvé toute son ancienne jovialité, et Cora accablait de soins son mari. Lesable aussi semblait un autre homme, toujours content, et bon enfant comme jamais il ne l'avait été.

Maze venait moins souvent et semblait, à présent, mal à l'aise dans la famille ; on le recevait toujours bien, avec plus de froideur cependant, car le bonheur est égoïste et se passe des étrangers.

Cachelin lui-même paraissait éprouver une certaine hostilité secrète contre le beau commis qu'il avait, quelques mois plus tôt, introduit avec empressement dans le ménage. Ce fut lui qui annonça à cet ami la grossesse de Coralie. Il la lui dit brusquement : « Vous savez, ma fille est enceinte ! »

Maze, jouant la surprise, répliqua : « Ah bah ! vous devez être bien heureux. »

Cachelin répondit : « Parbleu ! » et remarqua que son collègue, au contraire, ne paraissait point enchanté. Les hommes n'aiment guère voir en cet état, que ce soit ou non par leur faute, les femmes dont ils sont les fidèles.

Tous les dimanches, cependant, Maze continuait à dîner dans la maison. Mais les soirées devenaient pénibles à passer ensemble, bien qu'aucun désaccord grave n'eût surgi ; et cet étrange embarras grandissait de semaine en semaine. Un soir même, comme il venait de sortir, Cachelin déclara d'un air furieux : « En voilà un qui commence à m'embêter ! »

Et Lesable répondit : « Le fait est qu'il ne gagne pas à être beaucoup connu. » Cora avait baissé les yeux. Elle ne donna pas son avis. Elle semblait toujours gênée en face du grand Maze qui, de son côté, paraissait presque honteux près d'elle, ne la regardait plus en souriant comme jadis, n'offrait plus de soirées au théâtre, et semblait porter, ainsi qu'un fardeau nécessaire, cette intimité naguère si cordiale.

Mais un jeudi, à l'heure du dîner, quand son mari rentra du bureau, Cora lui baisa les favoris avec plus de câlinerie que de coutume, et elle lui murmura dans l'oreille :

« Tu vas peut-être me gronder ?

— Pourquoi ça ?

— C'est que… M. Maze est venu pour me voir tantôt. Et moi,

comme je ne veux pas qu'on jase sur mon compte, je l'ai prié de ne jamais se présenter quand tu ne serais pas là. Il a paru un peu froissé ! »

Lesable, surpris, demanda :

« Eh bien, qu'est-ce qu'il a dit ?

— Oh ! il n'a pas dit grand-chose, seulement cela ne m'a pas plu tout de même, et je l'ai prié alors de cesser complètement ses visites. Tu sais bien que c'est papa et toi qui l'aviez amené ici, moi je n'y suis pour rien. Aussi, je craignais de te mécontenter en lui fermant la porte. »

Une joie reconnaissante entrait dans le cœur de son mari :

« Tu as bien fait, très bien fait. Et même je t'en remercie. »

Elle reprit, pour bien établir la situation des deux hommes, qu'elle avait réglée d'avance : « Au bureau, tu feras semblant de ne rien savoir, et tu lui parleras comme par le passé : seulement il ne viendra plus ici. »

Et Lesable, prenant avec tendresse sa femme dans ses bras, la bécota longtemps sur les yeux et sur les joues. Il répétait : « Tu es un ange !... tu es un ange ! » Et il sentait contre son ventre la bosse de l'enfant déjà fort.

8

Rien de nouveau ne survint jusqu'au terme de la grossesse.

Cora accoucha d'une fille dans les derniers jours de septembre. Elle fut appelée Désirée ; mais, comme on voulait faire un baptême solennel, on décida qu'il n'aurait lieu que l'été suivant, dans la propriété qu'ils allaient acheter.

Ils la choisirent à Asnières, sur le coteau qui domine la Seine.

De grands événements s'étaient accomplis pendant l'hiver. Aussitôt l'héritage acquis, Cachelin avait réclamé sa retraite, qui fut aussitôt liquidée, et il avait quitté le bureau. Il occupait ses loisirs à découper, au moyen d'une fine scie mécanique, des couvercles de boîtes à cigares. Il en faisait des horloges, des coffrets, des jardinières, toutes sortes de petits meubles étranges. Il se passionnait pour cette besogne, dont le goût lui était venu en apercevant un marchand ambulant travailler ainsi ces plaques de bois, sur l'avenue de l'Opéra. Et il fallait que tout le monde admirât chaque jour ses dessins nouveaux, d'une complication savante et puérile.

Lui-même, émerveillé devant son œuvre, répétait sans cesse: «C'est étonnant ce qu'on arrive à faire!»

Le sous-chef, M. Rabot, étant mort enfin, Lesable remplissait les fonctions de sa charge, bien qu'il n'en reçût pas le titre, car il n'avait point le temps de grade nécessaire depuis sa dernière nomination.

Cora était devenue tout de suite une femme différente, plus réservée, plus élégante, ayant compris, deviné, flairé toutes les transformations qu'impose la fortune.

Elle fit, à l'occasion du jour de l'an, une visite à l'épouse du chef, grosse personne restée provinciale après trente-cinq ans de séjour à Paris, et elle mit tant de grâce et de séduction à la prier d'être la marraine de son enfant, que Mme Torchebeuf accepta. Le grand-père Cachelin fut parrain.

La cérémonie eut lieu un dimanche éclatant de juin. Tout le bureau était convié, sauf le beau Maze, qu'on ne voyait plus.

À neuf heures, Lesable attendait devant la gare le train de Paris, tandis qu'un groom en livrée à gros boutons dorés tenait par la bride un poney dodu devant un panier tout neuf.

La machine au loin siffla, puis apparut, traînant son chapelet de voitures d'où s'échappa un flot de voyageurs.

M. Torchebeuf sortit d'un wagon de première classe, avec sa femme en toilette éclatante, tandis que, d'un wagon de deuxième, Pitolet et Boissel descendaient. On n'avait point osé inviter le père Savon, mais il était entendu qu'on le rencontrerait par hasard, dans l'après-midi, et qu'on l'amènerait dîner avec l'assentiment du chef.

Lesable s'élança au-devant de son supérieur, qui s'avançait tout petit dans sa redingote fleurie par sa grande décoration pareille à une rose rouge épanouie. Son crâne énorme, surmonté d'un chapeau à larges ailes, écrasait son corps chétif, lui donnait un aspect de phénomène; et sa femme, en se haussant un rien sur la pointe des pieds, pouvait regarder sans peine par-dessus sa tête.

Léopold, radieux, s'inclinait, remerciait. Il les fit monter dans le panier, puis courant vers ses deux collègues qui s'en venaient modestement derrière, il leur serra les mains en s'excusant de ne les pouvoir porter aussi dans sa voiture trop petite: «Suivez le quai, vous arriverez devant ma porte: *Villa Désirée*, la quatrième après le tournant. Dépêchez-vous.»

Et, montant dans sa voiture, il saisit les guides et partit, tandis que le groom sautait lestement sur le petit siège de derrière.

La cérémonie eut lieu dans les meilleures conditions.

Puis on rentra pour déjeuner. Chacun, sous sa serviette, trouva un cadeau proportionné à l'importance de l'invité. La marraine eut un bracelet d'or massif, son mari une épingle de cravate en rubis, Boissel un portefeuille en cuir de Russie, et Pitolet une superbe pipe d'écume. C'était Désirée, disait-on, qui offrait ces présents à ses nouveaux amis.

Mme Torchebeuf, rouge de confusion et de plaisir, mit à son gros bras le cercle brillant, et comme le chef avait une mince cravate noire qui ne pouvait porter d'épingle, il piqua le bijou sur le revers de sa redingote, au-dessous de la Légion d'honneur, comme une autre croix d'ordre inférieur.

Par la fenêtre, on découvrait un grand ruban de rivière, montant vers Suresnes, le long des berges plantées d'arbres. Le soleil tombait en pluie sur l'eau, en faisait un fleuve de feu. Le commencement du repas fut grave, rendu sérieux par la présence de M. et de Mme Torchebeuf. Puis on s'égaya. Cachelin lâchait des plaisanteries de poids, qu'il se sentait permises, étant riche ; et on riait.

De Pitolet ou de Boissel, elles auraient certainement choqué.

Au dessert, il fallut apporter l'enfant, que chaque convive embrassa. Noyée dans une neige de dentelles, elle regardait ces gens de ses yeux bleus, troubles et sans pensée, et elle tournait un peu sa tête bouffie où semblait s'éveiller un commencement d'attention.

Pitolet, au milieu du bruit des voix, glissa dans l'oreille de son voisin Boissel : « Elle a l'air d'une petite Mazette. »

Le mot courut au ministère, le lendemain.

Cependant, deux heures venaient de sonner, on avait bu les liqueurs, et Cachelin proposa de visiter la propriété, puis d'aller faire un tour au bord de la Seine.

Les convives, en procession, circulèrent de pièce en pièce, depuis la cave jusqu'au grenier, puis ils parcoururent le jardin, d'arbre en arbre, de plante en plante, puis on se divisa en deux bandes pour la promenade.

Cachelin, un peu gêné près des dames, entraîna Boissel et Pitolet dans les cafés de la rive, tandis que Mmes Torchebeuf et Lesable, avec leurs maris, remonteraient sur l'autre berge, des femmes honnêtes ne pouvant se mêler au monde débraillé du dimanche.

Elles allaient avec lenteur, sur le chemin de halage, suivies des deux hommes qui causaient gravement du bureau.

Sur le fleuve, des yoles passaient, enlevées à longs coups d'aviron par des gaillards aux bras nus dont les muscles roulaient sous la chair brûlée. Les canotières, allongées sur des peaux de bêtes noires ou blanches, gouvernaient la barre, engourdies sous le soleil, tenant ouvertes sur leur tête, comme des fleurs énormes flottant sur l'eau, des ombrelles de soie rouge, jaune ou bleue. Des cris volaient d'une barque à l'autre, des appels et des engueulades ; et un bruit lointain de voix humaines, confus et continu, indiquait, là-bas, la foule grouillante des jours de fête.

Des files de pêcheurs à la ligne restaient immobiles, tout au long de la rivière ; tandis que des nageurs presque nus, debout dans de lourdes embarcations de pêcheurs, piquaient des têtes, remontaient sur leurs bateaux et ressautaient dans le courant.

Mme Torchebeuf, surprise, regardait. Cora lui dit : « C'est ainsi tous les dimanches. Cela me gâte ce charmant pays. »

Un canot venait doucement. Deux femmes, ramant, traînaient deux gaillards couchés au fond. Une d'elles cria vers la berge : « Ohé ! ohé ! les femmes honnêtes ! J'ai un homme à vendre, pas cher, voulez-vous ? »

Cora, se détournant avec mépris, passa son bras sous celui de son invitée : « On ne peut même rester ici, allons-nous-en. Comme ces créatures sont infâmes ! »

Et elles repartirent. M. Torchebeuf disait à Lesable :

« C'est entendu pour le premier janvier. Le directeur me l'a formellement promis. »

Et Lesable répondait : « Je ne sais comment vous remercier, mon cher maître. »

En rentrant, ils trouvèrent Cachelin, Pitolet et Boissel riant aux larmes et portant presque le père Savon, trouvé sur la berge, avec une cocotte, affirmaient-ils par plaisanterie.

Le vieux, effaré, répétait : « Ça n'est pas vrai ; non, ça n'est pas vrai. Ça n'est pas bien de dire ça, monsieur Cachelin, ça n'est pas bien. »

Et Cachelin, suffoquant, criait : « Ah ! vieux farceur ! Tu l'appelais : "Ma petite plume d'oie chérie." Ah ! nous le tenons, le polisson ! »

Ces dames elles-mêmes se mirent à rire, tant le bonhomme semblait éperdu.

Cachelin reprit : « Si M. Torchebeuf le permet, nous allons le garder prisonnier pour sa peine, et il dînera avec nous. »

Le chef consentit avec bienveillance. Et on continua à rire sur la dame abandonnée par le vieux qui protestait toujours, désolé de cette mauvaise farce.

Ce fut là, jusqu'au soir, un sujet à mots d'esprit inépuisable, qui prêta même à des grivoiseries.

Cora et Mme Torchebeuf, assises sous la tente sur le perron, regardaient les reflets du couchant. Le soleil jetait dans les feuilles une poussière de pourpre. Aucun souffle ne remuait les branches ; une paix sereine, infinie, tombait du ciel flamboyant et calme.

Quelques bateaux passaient encore, plus lents, rentrant au garage.

Cora demanda : « Il paraît que ce pauvre M. Savon a épousé une gueuse ? »

Mme Torchebeuf, au courant de toutes les choses du bureau, répondit : « Oui, une orpheline beaucoup trop jeune, qui l'a trompé avec un mauvais sujet et qui a fini par s'enfuir avec lui. » Puis la grosse dame ajouta : « On dit que c'était un mauvais sujet, je n'en sais rien. On prétend qu'ils s'aimaient beaucoup. Dans tous les cas, le père Savon n'est pas séduisant. »

Mme Lesable reprit gravement : « Cela n'excuse rien. Le pauvre homme est bien à plaindre. Notre voisin d'à côté, M. Barbou, est dans le même cas. Sa femme s'est éprise d'une sorte de peintre qui passait les étés ici et elle est partie avec lui à l'étranger. Je ne comprends pas qu'une femme tombe jusque-là. À mon avis, il devrait y avoir un châtiment spécial pour de pareilles misérables qui apportent la honte dans une famille. »

Au bout de l'allée, la nourrice apparut, portant Désirée dans ses dentelles. L'enfant venait vers les deux dames, toute rose dans la nuée d'or rouge du soir. Elle regardait le ciel de feu de ce même œil pâle, étonné et vague qu'elle promenait sur les visages.

Tous les hommes, qui causaient plus loin, se rapprochèrent ; et Cachelin, saisissant sa petite-fille, l'éleva au bout de ses bras comme s'il eût voulu la porter dans le firmament. Elle se profilait sur le fond brillant de l'horizon avec sa longue robe blanche qui tombait jusqu'à terre.

Et le grand-père s'écria : « Voilà ce qu'il y a de meilleur au monde, n'est-ce pas, père Savon ? »

Et le vieux ne répondit pas, n'ayant rien à dire, ou, peut-être, pensant trop de choses.

Un domestique ouvrit du perron, en annonçant : « Madame est servie ! »

Supplément pour étude

Les fiches élève proposées ont été conçues par des professeurs afin de servir d'exercices dans le cadre d'une étude approfondie de cette œuvre.

■ Fiche élève 1 : étude de l'incipit (8 mai et 12 mai)

Lecture

- Quel est le type de focalisation ? Justifiez votre réponse.
- Quelles informations sont données sur le narrateur ?
- Où se passe le récit ?
- Quelle est l'humeur du narrateur le 8 mai ? Qu'est-ce qui le rend heureux et quelles en sont les raisons ? Étudiez notamment le vocabulaire des perceptions.
- Pourquoi l'état d'esprit du personnage a-t-il changé le 12 mai ? Relevez le champ lexical du trouble.
- Quelle est l'opinion du personnage sur les cinq sens ?
- Regardez le type de phrases employées par le narrateur durant ces deux jours. Que pouvez-vous en déduire ?
- Quels sont les premiers éléments inquiétants ?

Langue : les expansions du nom

De « De mes fenêtres, je vois la Seine qui coule... » à « ... suivant qu'elle s'éveille ou s'assoupit », p. 5.

- Soulignez les différentes expansions du nom. Encadrez le nom auquel elles se rapportent.
- Classez-les dans un tableau selon leur nature : adjectifs, groupes nominaux, propositions relatives.
- Pour les adjectifs, indiquez leur fonction : épithète, apposition ou attribut.

■ Fiche élève 2 : le 5 juillet

Lecture

- Qu'est-ce qui provoque l'angoisse du narrateur ?
- Faites la liste de tous les détails précis qui sont donnés. Pourquoi le narrateur en donne-t-il autant ?
- Quels sont les symptômes physiques de sa peur ?
- Comment exprime-t-il, dans son écriture, son angoisse ? Regardez les champs lexicaux, les types de phrase, le rythme des phrases, les répétitions de mots...
- Quelles sont les hypothèses que l'on peut faire pour expliquer ce qui vient de se passer ? Sont-elles uniquement rationnelles ?

Langue : le vocabulaire de la peur

- Classez du plus faible au plus fort :

crainte - inquiétude - appréhension - frayeur - angoisse - terreur - épouvante

- Trouvez un synonyme de même intensité :

effroi - anxiété - appréhension

- Trouvez le maximum d'antonymes :

poltron - malaise - trouble - timide

- Transposez dans le langage familier :

pleutre - vaillant - affres - tourmenté - couard - hantise

- Expliquez les expressions suivantes :

une poule mouillée - avoir du cran - prendre la poudre d'escampette - avoir du cœur au ventre - être à faire peur

Écriture

Racontez un moment où vous avez eu très peur face à un événement inexplicable. Décrivez vos sentiments à ce moment-là en utilisant un vocabulaire précis. Expliquez ce qui a provoqué cette peur.

■ Fiche élève 3 : les étapes de la folie ou de la possession

Lecture

- Recopiez et complétez le tableau suivant en relisant les extraits du journal correspondant aux dates.

Date	Lieu	Manifestations du Horla	Comment le narrateur explique-t-il cette manifestation ?
25 mai			
2 juin			
4 juillet			
10 juillet			
6 août			
14 août			
16 août			
19 août			

- Où ont lieu les manifestations du Horla ?
- Regardez les passages correspondant au 2 juillet et au 12 juillet : où est parti le narrateur ? Quel est son état d'esprit et son état physique ? Que peut-on en déduire sur sa maison ?
- Que remarquez-vous dans la progression des épisodes du tableau ?
- Relisez le passage du 19 août (p. 22) où le Horla est nommé pour la première fois. Qui lui donne son nom ? Quel est l'effet produit ?
- Montrez comment, peu à peu, le Horla prend le pouvoir sur le narrateur.

Langue

Avant la dictée préparée... Questions d'observation sur le texte du 15 août (p. 20).

- Relevez les adverbes et mémorisez leur orthographe.
- Justifiez l'orthographe de « cinq mille ».
- À quel mode est le verbe « être » dans « je serais » ?
- Justifiez les accords des participes passés « possédée », « dominée », « venue », « entré », « manifestés ».
- Mémorisez l'orthographe de « rôdeur », « parasite », « inconnaissable », « étranger ».
- Justifiez grammaticalement les éléments soulignés : « <u>ce</u> qui <u>s</u>'est passé ».

■ Fiche élève 4 : définir le fantastique : folie ou possession ?

Lecture

- Relisez les épisodes suivants et montrez quelle hypothèse rationnelle est envisagée, puis ce qui fait que cette hypothèse ne peut finalement pas convenir.
- Du 5 au 10 juillet : la carafe qui se vide.
- Le 4 août : les disputes entre domestiques.
- Le 6 août : la rose coupée.
- Le 17 août : les pages qui se tournent.
- Relisez le journal du 19 août (1er extrait, p. 22) : quelle explication le narrateur trouve-t-il tout d'abord pour expliquer ce qui se passe ? À la fin de l'extrait, quelle autre explication est envisagée ?
- Relisez le deuxième extrait du 19 août (p. 24). Comment le Horla est-il décrit ? Le voit-on précisément ?
- Décomposez le mot Horla. Quelle interprétation pouvez-vous donner de ce nom ?
- Que sait-on finalement sur le Horla ?
- Montrez, toujours dans la description du Horla du 19 août, que celui-ci est vu à travers les yeux du narrateur. Relevez le champ lexical de la vue, les modalisateurs, le vocabulaire de la peur.
- Quelles sont les conséquences de l'état de trouble du narrateur sur sa description ?
- Bilan : essayez de rédiger en quelques lignes une définition du fantastique à partir des réponses précédentes.

Langue : le point de vue

De « Donc, je faisais semblant d'écrire... » à « ... je le fais chaque jour en me regardant », p. 25.

Un personnage entre dans la pièce et décrit ce qu'il voit : un homme qui se regarde dans un miroir. Réécrivez le passage en vous servant de cet autre narrateur : qu'est-ce que cela change à la tonalité de la scène ?

■ Fiche élève 5 : la dernière page du journal

Lecture

- Remplissez le tableau avec les éléments des deux textes.

	Incipit	Fin
lieu		
saison		
heure		
conditions météorologiques		
sentiments du narrateur		
éléments de la nature		
état de la maison		
bruits		
couleurs		
types de phrases		
position du narrateur		
éléments naturels présents		

- Quelles conclusions pouvez-vous en tirer ?
- Que sont devenus les domestiques ? Pour quelle(s) raison(s) le narrateur ne s'en préoccupe-t-il pas ?
- Que va faire le narrateur ?
- En est-on sûr ? Quel est l'effet produit par cette fin ouverte ?

Langue : les valeurs des temps du passé

De « Et j'allais me cacher au fond de mon jardin... » à « Je vis leurs faces affolées, et leurs bras qui s'agitaient !... », p. 26.

Soulignez les verbes conjugués puis remplissez le tableau.

Verbe	Temps (imparfait, passé simple, plus-que-parfait)	Valeur du temps (premier/ arrière-plan, action bornée/ non bornée, antériorité)

Écriture

Le narrateur reprend son journal un mois après les événements dramatiques. Imaginez ce qu'il écrit : qu'est-il devenu ? Comment explique-t-il ce qui s'est passé ?

Table des matières

Achevé d'imprimer en Italie par Grafica Veneta
en juillet 2013
Dépôt légal juillet 2013
EAN 9782290038536
OTP L21ELLN000408N001
—
Ce texte est composé en Lemonde journal et en Akkurat
—
Conception des principes de mise en page :
mecano, Laurent Batard
—
Composition : PCA
—
ÉDITIONS J'AI LU
87, quai Panhard-et-Levassor, 75013 Paris
Diffusion France et étranger : Flammarion

Librio

1